Mordechai Simons

Dark Desert Highway

Mordechai Simons

Dark Desert Highway

„Es gibt Schrecken jenseits der Grenzen des Lebens, von denen wir nichts ahnen, und manchmal ruft unsere unheilvolle Neugier sie herbei in den Bereich unseres Daseins."

Howard Phillips Lovecraft, Das Ding auf der Schwelle (1933)

Bibliografische Information der Deutschen Nationalbibliothek:
Die Deutsche Nationalbibliothek verzeichnet diese Publikation in der Deutschen
Nationalbibliografie; detaillierte bibliografische Daten sind im Internet über
http://dnb.dnb.de abrufbar.

Lektorat und Korrektorat: Korrekturbüro Ruhr
Coverdesign: Loewenart Designstudio

Herstellung und Verlag: BoD – Books on Demand, Norderstedt
ISBN: 978-3-7504-1883-7

Inhaltsverzeichnis

Prolog

Manchmal bleibt die Zeit einfach stehen. Die gefühlte Zeit. Die echte Zeit läuft natürlich weiter. Ohne Pause. Dinge passieren oder eben auch nicht. Manchmal passieren extreme Dinge und die gefühlte Zeit wird langsamer. Langsamer bist sie schließlich fast stehenbleibt. Passieren an einem Ort extreme Dinge immer und immer wieder, werden diese Emotionen auf der Zeitlinie festgeschrieben wie ein Song auf einer Schallplatte. Und wenn sich die Planeten ungünstig positionieren, kann es sein, dass eine Öffnung in die aktuelle Zeit gerissen wird. Als ob die Nadel mit einem hässlichen Geräusch auf der Platte verrutscht und längst vergangene Emotionen hervorruft.

Passiert dieses, kann man nicht genau sagen was dann folgt. Was aber sicher ist, ist die Tatsache, dass es im Universum niemals ein Ungleichgewicht gibt. Fällt irgendwo etwas aus der bekannten Zeit, wird die Lücke an anderer Stelle geschlossen. Eine universelle Gerechtigkeit die sich zumindest in diesem Prinzip treu bleibt. So wie auch in diesem gottverlassenen Winkel auf der Erde. Irgendwo in einem großen Waldstück im Herzen Europas welches heute als Fläming bekannt ist. Ein Gebiet, in dem es seit Menschengedenken immer einsam war. Einsam was Menschen angeht. Einsam, was Menschlichkeit angeht. Nicht einsam was die Gesellschaft alter Götter angeht. Die früher bekannten bösen Götter. Götter, die heute niemand mehr kennt. Sie waren hier schon immer zuhause. Früher wurden sie verehrt. Angebetet. Tat man dieses mit Respekt und gab den Göttern was sie verlangten, ließen sie die Menschen in Frieden leben. Tat man dieses nicht, ging es schlecht aus. Für die Menschen. Was genau passierte lässt sich nur erahnen, denn schlechte Geschichten verschwinden schnell aus den Erzählungen. Was aber alle diese Geschichten gemeinsam haben ist die Tatsache, dass neben den Geschichten auch die Menschen spurlos verschwinden die sich nicht an die Regeln der Götter halten. Die Götter die immer noch hier zuhause sind und es auch immer bleiben werden. In den Wäldern mit ihren Sümpfen und Unterholz. Die Alten. Und wenn über die Ewigkeit grausame Dinge an einem Ort passieren, reißt eben manchmal eine Spalte der Zeit eine Öffnung in die dunkle Nacht. Alte Plätze erwachen kurzweilig wieder zum Leben und verändern die Gegenwart. Der immer wiederkehrende volle Mond taucht den Wald in sein eiskaltes, bläuliches Licht und schafft die Bühne für diese Veränderung. Äste brechen, Bäche hören auf zu fließen und Gestalten aus längst vergessener Zeit erscheinen kurz um gleich wieder zu verschwinden. Feuer entflammen und erlöschen gleich wieder. Eine alte Melodie auf einer Geige ertönt in alten Gemäuern und verklingt sofort wieder. Und ein altes, verblichenes Gemälde einer älteren Frau ist wieder frisch wie am ersten Tag und die Augen dieser Frau erforschen die Umgebung. Lebendig. Dieses Mal verschwindet das Gemälde nicht.

1. Kapitel

Die Tachonadel seines Audi A6 Avant steigt endlich wieder über 200 km/h und Christoph lehnt sich tiefer in den Ledersitz. Er blickt auf die roten Digitalziffern der Uhr im Auto. Es ist schon nach 23 Uhr. Eigentlich wollte er schon längst zuhause sein. Der Mond erhellt kühl und beruhigend die Autobahn vor ihm. Wieder muss er gähnen. Das Meeting mit einem Kunden in Berlin war bereits um 16 Uhr vorbei gewesen und jetzt ist er auf dem Weg nach Nürnberg. Um allerspätestens 19 Uhr wollte er im Bett sein da er morgen wieder sehr früh raus muss. Letzte Nacht hatte er so gut wie gar nicht geschlafen. Ein alter Freund aus Berlin hatte ihn eingeladen, es wurden Geschichten von früher ausgetauscht und es gab viel Bier. Zuviel. Und im Gegensatz zu früher steckte er eine durchgemachte Nacht nicht mehr so einfach weg wie mit Mitte 20. Damals, als er mit Alexander Nächte in Berlin durchgefeiert hatte und am nächsten Tag wieder zur Arbeit gehen konnte. Jetzt ist er einfach nur erschöpft und will ein Bett.

Im Moment arbeitet Christoph als Vertreter für eine große Gewürzfabrik und hat heute, mit etwas Glück, einen der größten Verträge abgeschlossen die es in seiner Firma je gab. Wenn er Glück hat. Christoph hat alles dafür getan und war zufrieden mit sich und dem Tag. Morgen nochmal genau das Gleiche in Hamburg und er hat es geschafft. Vielleicht. Die Beförderung.

Er fährt sich mit seiner rechten Hand durch die verbliebenen Haare, ballt sie zur Faust und schlägt sich ein paarmal auf den Hinterkopf um nicht einzuschlafen. Seit ein paar Jahren überlegt er schon ob er die Haare komplett abschneiden lassen oder die letzten paar noch pflegen soll. Aber zu fühlen, dass da noch ein paar verbliebene Haare auf seinem Kopf sind erinnert ihn daran, dass er noch nicht allzu alt ist. Er gähnt wieder. Der Gedanke an ein Bett lässt ihn schneller fahren. Kurz nachdem er Berlin hinter sich gelassen hatte, es musste so gegen 17 Uhr gewesen sein, und auf die Ringautobahn A10 gefahren war, stand er im Stau. Es ging weder vor noch zurück. Weiter vorne hatte sich ein Tanklaster auf die Seite gelegt und Tonnen von Milch bedeckten die Autobahn. Zumindest sagte das der Radiosprecher, denn als er die Stelle passierte war die Straße bereits geräumt. Die Autobahn sei weiß wie Schnee und das bei über 30° im Schatten. Und zu diesem Anlass müsse man jetzt *Let it snow* von Frank Sinatra spielen. Christoph hatte darüber gelacht. Aber wegen diesem Unfall stand er mehr als fünf Stunden auf der Stelle und vertrieb sich die meiste Zeit mit Filmen auf seinem Laptop bis die Batterie leer war. Als es dann weiterging, war er müde und hatte Hunger.

Jetzt spielt er mit dem Gedanken in einem billigen Hotel zu übernachten um sich auszuruhen und fit für morgen zu sein. Als sich jetzt auch noch sein Magen meldet steht die Entscheidung fest. Zuhause wird er eh kaum Schlaf bekommen den er doch so bitter nötig hat. Jetzt stellt er die Weichen für seine Zukunft. Zumindest dann sollte man ausgeschlafen sein. Am nächsten Tag geht sein Flieger bereits um 7:40 Uhr und wenn er jetzt weiter nach Hause fahren würde, hätte er wahrscheinlich wieder kaum genug Schlaf bekommen und das wäre wieder ein kompletter Tag mit einem Kampf gegen die Müdigkeit.

Eine Werbetafel von Burger King zieht an ihm vorbei und er muss an seinen letzten Besuch in einem Steakhaus denken. Was würde er jetzt dafür geben. Mit einer Ofenkartoffel, einem Salat und dazu eiskaltes Bier. Bei dem Gedanken läuft ihm das Wasser im Mund zusammen und sein Magen meldet sich wieder. Oh ja, denkt er sich. Danach am besten noch einen Gin Tonic, eine heiße Dusche und eine Nacht ohne weitere Störungen in einem kühlen Hotelzimmer.

Er achtet jetzt weiter auf Werbetafeln oder Hinweisschilder die ein Hotel anbieten. So etwas ist auf diesem Streckenabschnitt eher selten, aber nicht unmöglich. Wenn ihm jetzt etwas ins Auge springen würde, würde er anhalten. Er tippt auf seinem Navi im Auto um eventuell ein paar Hotels in der Nähe auszumachen. Bevor er die Suche abschließen kann zieht plötzlich ein Schild an ihm vorbei. *Gasthaus Fläming* steht in großen, schwarzen, fast verblichenen Buchstaben auf weißem Untergrund. Daneben abgebildet ein Bild einer lächelnden jungen Frau. Die Symbole für Schlafen und Essen befinden sich direkt darunter. Während ihm bewusst wird, dass dieses seine Unterkunft für die Nacht werden wird, sieht er auch schon das Nächste-Ausfahrt-in-2500-Metern Schild.

Er nimmt den Fuß vom Gaspedal und verlässt die Autobahn. Nicht mehr lange und er wird ein Hotel finden, ein Steak essen und dazu ein eiskaltes Bier trinken. Er muss wieder gähnen und das Verlangen nach einem Bett ist jetzt fast größer als nach einem guten Essen.

Nach einer langgezogenen Rechtskurve stoppt er an einer T-Kreuzung. Ein heruntergekommenes *Gasthaus* Schild, das nach rechts zeigt, fällt in den Scheinwerferkegel seines Audis. Keine Kilometerangabe oder ein Hinweis wie der Ort heißt. Es ging doch sehr plötzlich und ihm wurde bewusst, dass er keine Ahnung hatte wo er hier überhaupt rausgefahren war. Hoffentlich ist das Hotel nicht so runtergekommen wie das Schild, denkt er. Er biegt nach rechts auf eine einsame Landstraße und erste Bäume flankieren den Weg. Er schaltet das Fernlicht an und die Scheinwerfer leuchten die Straße weit aus. Ein Warnschild für Wildwechsel taucht rechts zwischen den Bäumen auf und ein Rumpeln schaukelt das Auto plötzlich durch. Christoph merkt, dass die Teerstraße vorbei ist und er jetzt auf einem unebenen Feldweg weiterfährt. Die Bäume rechts und links werden immer mehr. Er bremst ab und fährt nun mit 30 km/h auf einem veralteten Weg voller Schlaglöcher tiefer in den Wald. Das hier ist kein Feldweg mit ein paar Bäumen mehr. Das hier ist ein Wald durch den dieser Feldweg führt. Zwar ist es Vollmond, doch die Baumkronen weigern sich auch nur einen kleinen Fetzen Licht durchzulassen. Christoph ist voll und ganz auf seine Scheinwerfer angewiesen. Er schaltet das Radio aus. Das macht er immer wenn er sich konzentrieren muss. Denn das muss er jetzt wenn er nicht gegen einen Baum oder mit voller Wucht in ein Schlagloch fahren möchte.

Nach ungefähr zehn Minuten Schleichfahrt durch den dichten Wald bekommt er langsam Zweifel ob er überhaupt richtig ist und nichts übersehen hat. Seit der Kreuzung gab es keinen Hinweis mehr auf das Gasthaus. Er hält schließlich an und schaltet das Navi ein. *Starte System* steht nun auf dem Display mit einem blinkenden Satellitensymbol darüber. Kein Signal. Vorhin auf der Autobahn war der Empfang noch voll da. Er wartet noch ein paar Minuten während er aus dem Fenster schaut und versucht, etwas in dem Dunkel zu erkennen und entscheidet sich dann zu wenden. Hier ist kein Gasthaus. Ein verlassener Weg der ins Nichts führt. Wie soll hier überhaupt ein größeres Auto fahren? Geschweige denn der Gegenverkehr aus dem Hotel? Nein, irgendwas hat er übersehen. Er schaltet den Getriebehebel wieder auf D und rollt langsam los um bei der nächsten Gelegenheit zu wenden. Da fällt ihm plötzlich ein weißes, verblichenes Schild in der nächsten leichten Rechtskurve auf. Er fährt langsam weiter und stoppt dann direkt vor dem Schild. *Gasthaus.* Nichts mehr. Kein Pfeil, keine Entfernung. Also ist er doch richtig. Er fährt langsam weiter und folgt der Rechtskurve. Zum ersten Mal wird ihm bewusst, dass er seit dem Verlassen der Autobahn kein Fahrzeug mehr gesehen hat. Alles wirkt wie ausgestorben. Und er ist mitten im Wald. Alleine. Er spürt wie sein Herz lauter klopft und einen leichten Drang einfach rückwärts die gleiche Strecke zurückzufahren um wieder auf die Autobahn zurückzukehren. Eine feine Stimme in ihm. *Dreh um.* Instinktiv wird er langsamer und hält schließlich an. Er öffnet ein Seitenfenster und sofort strömt kühle Nachtluft zu ihm ins Auto. Er stellt den Motor aus und lauscht. Nichts. Absolute Stille. Kein Rascheln oder Tiergeräusch. Er blickt in die Finsternis neben seinem Wagen und versucht Umrisse des Waldes zu erkennen. Doch es ist eine pechschwarze Welt direkt vor ihm. Sein Herz pocht nun stärker und er muss kurz gegen eine aufsteigende Panik ankämpfen. Doch was ist, wenn gleich hinter der nächsten Kurve das Gasthaus ist? Das Bild der schönen Frau taucht plötzlich vor seinem inneren Auge auf. Die Frau auf dem Plakat. Zu seinem Hunger und der Müdigkeit mischt sich jetzt ein neues Gefühl. Neugier.

Das Satellitensymbol in seinem Navi blinkt noch immer und er nimmt genervt sein Handy wieder in die Hand. Das Symbol für Handyempfang zeigt einen von fünf Streifen. Empfang. Dazu leuchten die Ziffern 23:25 Uhr auf dem Handydisplay und ein Briefsymbol mit einer zwei daneben verrät ihm, dass er zwei ungelesene Emails in seinem Postfach hat. Er ignoriert das Symbol und startet Google Maps. Den Hinweis, dass kein gültiges GPS Signal vorliegt aber eine ungefähre Position bestimmt werden kann, drückt er mit *WEITER* weg. Nun baut sich langsam aber sicher eine Karte auf. Internet funktioniert also. Er zoomt an den blauen Punkt heran, der seine Position auf der Karte darstellt und stellt fest, dass er sich mitten im Wald befindet. Selbst die Straße auf der er steht existiert nicht. Wahrscheinlich ist das Signal zu ungenau. Er schiebt mit seinem Daumen die Karte in immer größeren Kreisen hin und her und sieht, dass er sich in einem riesengroßen Waldstück befindet. Die Autobahn liegt ein ganzes Stück neben dem Wald. Er betrachtet verwirrt das Display und muss wieder gähnen. Egal. Ich probiere es, entscheidet er sich. Das Wort Quattro auf seinem Audi A6 bedeutet, dass sein Wagen einen Vierradantrieb besitzt. Er wird also auch wieder aus irgendwelchem Dreck herauskommen wenn er steckenbleibt.

Er sieht sich nochmals kurz um, schließt das Fenster und startet den Motor. Langsam rollt er wieder weiter auf den immer enger werdenden Waldweg. Gespenstisch tauchen rechts und links im Scheinwerferlicht dichte Tannenbäume auf und die Äste scheinen nach dem Auto zu greifen. Hier und da streift ein Zweig das Auto und ein leichtes Quietschen übertönt den Motor des Wagens.

Aus dem Nichts taucht plötzlich ein riesiges Schild über der Straße vor ihm auf. *Gasthaus Fläming.* Wieder mit dem gleichen Gesicht der jungen, lächelnden Frau. Dieses Schild sieht neu aus. Gar nicht verblichen oder verwittert wie die Schilder davor. So neu, als ob es eben dort aufgestellt worden war. *Geöffnet ab 10 Uhr* steht in altdeutscher Schrift darunter. Das Schild steht in etwa 2 Meter Höhe und wird von zwei starken Stahlpfosten gehalten die rechts und links neben dem Weg in den Himmel ragen. Wie durch ein Torbogen rollt Christoph unter dem Schild weiter in den Wald.

Der Weg führt nun plötzlich steil bergauf und sein Handy auf dem Beifahrersitz rutscht zurück an die Lehne. Der Duftbaum am Rückspiegel bewegt sich leicht nach hinten und tanzt hin und her als der Wagen wieder durchgeschaukelt wird. Er passiert mehrere kleine Schlaglöcher und manchmal hat er das Gefühl, über eine Pflasterstraße zu fahren in der jeder Stein 10 cm höher oder tiefer ist als der nächste. Er muss jetzt sehr langsam fahren um den Wagen nicht zu beschädigen. Es geht jetzt in einer langgezogenen Kurve immer weiter bergauf und als er sich erneut fragt, ob er hier überhaupt richtig ist, lichtet sich der Wald und die Bäume verschwinden mit jedem Meter den er weiter fährt. Der Vollmond strahlt nun mit seiner ganzen Kraft auf ihn herab. Langsam wandert der Duftbaum wieder zurück an seinen Platz und die Straße ist wieder ebenerdig. Die langgezogene Linkskurve auf dem Weg nach oben führt ihn auf eine Art Plateau. Er ist angekommen und fährt langsam einen Bogen und beleuchtet somit die Gegend in einem großen Halbkreis und stoppt dann ganz. Das Scheinwerferlicht, welches nun auch vom strahlend hellen Mond unterstützt wird, erleuchtet vor ihm ein paar geparkte Autos vor einem in weiterem Abstand stehenden großen, älteren Haus. Wobei Haus nicht stimmt. Es sieht mehr aus wie ein kleines Schloss. Neben der vorderen wuchtigen Mauer kann er rechts und links große, runde Türme erkennen die bestimmt 20 Meter hoch sind. Unheimlich. Unschlüssig was er tun soll starrt er einfach nur auf die Kulisse.

Er lässt das Seitenfenster am Fahrersitz wieder herunter und die kühle Nachtluft erfüllt erneut den Innenraum seines Wagens. Außer dem leisen Motorgeräusch seiner sechs Zylinder hört er nichts. Nichts. Stille. Er rollt langsam weiter auf den Parkplatz in Richtung des kleinen Schlosses. Ein leichtes Knirschen von Kieselsteinen unter den Reifen ist zu hören. Er fährt einen Bogen um eine Reihe geparkter Autos und parkt schließlich seinen Wagen neben einem alten Mercedes Cabrio in einiger Entfernung zum Gebäude. Das muss es sein. Gasthaus Fläming. Er lässt den Motor noch etwas laufen und beobachtet wieder das Schloss. Die einzigen Lampen die die Eingangstür zu bewachen scheinen, sind nicht allzu stark und er kann nicht erkennen, wie groß das Haus oder das Grundstück ist oder ob außer ihm noch jemand hier ist. Sehen und hören tut er niemand. Er stellt den Motor mit einem leichten, mulmigen Gefühl aus und verlässt das Auto. Absolute Stille umgibt ihn. Der Parkplatz und auch das Haus befinden sich auf einem hohen Plateau. Man kann von hier aus im Mondlicht den abfallenden Wald erkennen. In alle Richtungen wie er bemerkt. Rings um sich sieht er nur Wald. Nichts als Wald. Fast wie eine Dokumentation aus dem Urwald in dem der Fotograf auf einer Maya Pyramide steht und um sich herum nur Urwald filmt. Kein Licht, keine Straße oder sonst ein Zeichen auf Zivilisation ist zu sehen. Bei Tag ist es bestimmt eine tolle Aussicht. Jetzt, nachts und alleine, ist es unheimlich.

Ein Gitarrenriff von ACDC reißt ihn aus seinen Gedanken und Christoph beugt sich ins Auto um sein Handy herauszuholen. Alexander. Was will der denn jetzt. Er schiebt das Telefonsymbol nach rechts und hört sofort die Stimme seines lachenden Freundes. „Du hast das Netzkabel von deinem Laptop vergessen Alter," tönt die Stimme aus dem Telefon. Obwohl der Lautsprecher nicht aktiviert ist, kann man die Stimme auf dem gesamten Parkplatz hören. „Bist aber schon in

Nürnberg, oder?" fährt sein Freund fort. „Alex. Gut dass du anrufst." Christoph sieht sich auf dem Parkplatz um. Falls hier jemand ist, er scheint ihn nicht gehört zu haben. Oder sie? „Bist du gerade am PC?" Er nimmt das Handy in die andere Hand und zieht den Autoschlüssel ab. „Ja, warum? Ist alles ok bei dir?" „Lange Geschichte. Ich stand ewig im Stau und bin nun in einem Hotel." Er sieht sich erneut um. „Glaube ich zumindest", fügt er leise hinzu. „Google bitte mal schnell Hotel Fläming." „Ist dein Wagen liegengeblieben?" erkundigt sich Alexander. „Nein, alles ok. Bitte, guck mal eben schnell was das für ein Hotel ist. Ich erzähle es dir später." „Ok", kommt die Stimme von Alexander aus dem Telefon. Er klingt verunsichert. Christoph kann hören wie Alexander etwas auf der Tastatur tippt. Er sieht wieder zum Haus hinüber. Alle Fenster sind dunkel. Oberhalb der großen Eingangstür sind große, vergitterte Fenster. Alle scheinen verschlossen und dunkel. Tote Augen die auf ihn herabsehen. Gierige Augen. Augen die schon viel gesehen haben. Die Haare an seinen Armen stellen sich auf. „Christoph?" Die Stimme von Alexander holt ihn auf den Parkplatz zurück. „Irgendwo südlich von Berlin. Hotel Fläming." Christoph spricht leise in das Telefon, doch seine Stimme hallt zwischen den Autos auf dem Parkplatz wider und er spürt wie alleine er plötzlich ist.

Hat das Hotel überhaupt geöffnet? Wenn er jetzt feststellen muss, dass er die Öffnungszeiten um ein paar Minuten verpasst hat, wäre das bitter. Den ganzen Weg durch den Wald wieder zurück fahren? Dazu hat er keine Lust. Er sieht sich schon vor Hunger und Durst geplagt durch den Wald hetzen weil sein Auto nicht mehr anspringt. Viel Diesel war nicht mehr im Tank. „Du Alex. Ich muss los, keine Ahnung wie lange die Rezeption noch besetzt ist. Hast du was?" Plötzlich hat er es eilig. „Warte", sagt Alexander besorgt. „Hotel Fläming sagtest du? Da finde ich nichts." „Oder Gasthaus Fläming", korrigiert er. „Irgendwie so. Sieht älter aus. Vielleicht gibt es da aber auch nichts im Netz." Die Tastatur klappert erneut. „Hm. Ein Eintrag. Komisch, aber sonst nichts. Bist du sicher?" „Vielleicht stehen die hier nicht so auf den modernen Scheiß. Rating ist mir egal. Nur ob es das überhaupt gibt. Sieht auf jeden Fall alt aus das Ding", sagt Christoph mit Blick auf das Schloss und dem Vollmond darüber. Gruselig. Mit der Linken öffnet der die hintere Tür und holt seinen Rucksack heraus.

„Da ist was. Moment. Klingt aber nicht nach" Plötzlich ist die Stimme von Alex weg. „Alex?" Christoph sieht auf das Display. *Kein Signal.* Waren da nicht gerade noch fünf Balken? Voller Empfang? Er unterdrückt einen Fluch und steckt das Handy in die Tasche.

2. Kapitel

„Kann ich Ihnen behilflich sein?" Eine tiefe, freundliche Stimme ertönt hinter Christoph. Für einen Moment glaubt Christoph sein Herz macht einen großen Satz nach vorne und versucht aus der Brust zu springen. Er stöhnt erschrocken auf und dreht sich um. Ein kleiner, älterer, kräftig gebauter Mann mit Glatze in einem dunklen Anzug mit Fliege steht in ungefähr drei Meter Abstand vor ihm. Der ältere Mann lächelt und hält eine Laterne mit einer schwachen, flackernden Kerze in die Höhe. Er steht einfach nur da. Wie lange schon? Christoph hat ihn nicht kommen hören geschweige denn gesehen. Der Kleidung nach zu urteilen scheint der Mann ein Pförtner zu sein. Allerdings ein Pförtner aus dem letzten Jahrhundert. Mit seinen 1,85 Meter Körpergröße ist Christoph deutlich größer als der Pförtner, aber die ganze Statur des Typen sieht kräftiger aus. Muskulös. An den Füßen trägt er spitz zulaufende, schwarze Budapester mit weißen Sohlen. Auf dem Kies hätten auch diese Schuhe zumindest ein paar Geräusche gemacht. Doch jeder Schritt von ihm war komplett lautlos gewesen und vor dem Telefonat mit Alexander stand da noch niemand. Das war vor nicht mal zwei Minuten. Christoph spürt wie ihm der Schweiß ausbricht.

Die linke Hand hält der Pförtner hinter seinem Rücken. Als ob der Pförtner seinen Gedanken gelesen hatte, holt er wie auf Kommando die linke Hand hervor. Sie ist leer. Wie auch die Rechte, stecken beide Hände in weißen Handschuhen. Christoph holt tief Luft, schließt für einen Moment die Augen und sein Puls beruhigt sich langsam wieder. Im flackernden Kerzenlicht der Lampe kann man zwei interessierte und dennoch bohrende, schwarze Augen entdecken.

„Ehm, ja" sagt Christoph knapp und starrt den Mann einfach an. Er hätte ihn doch wenigstens *kommen sehen* müssen. Das Mondlicht ist zwar sehr schwach. Aber es ist da und bis zum Eingang des Hotels sind es bestimmt 100 Meter. Christoph sieht wieder zur Tür des Hotels. Sie ist immer noch verschlossen und auch sonst hat sich an der Szene nichts geändert. Bis auf den anwesenden Pförtner der sich wie Captain Kirk einfach hierher gebeamt hatte.

Der Mann im dunklen Anzug lächelt unentwegt und steht still wie eine Statue. Der Anzug sitzt perfekt. Die Glatze reflektiert den kühlen Mondschein. „Haben Sie Gepäck?" fragt der Mann freundlich. „Nein", sagt Christoph. Da ist ein leichter, Christoph unbekannter Akzent in der Stimme des Pförtners. Beide stehen sich gegenüber und sehen sich an. Diese absolute Stille um sie herum und dazu dieses freundliche Lächeln. Und plötzlich merkt Christoph was ihn zusätzlich an der ganzen Situation stört. Kein Geräusch, sondern die Abwesenheit von Geräuschen. Keine Eulen, Wölfe, Füchse, Vögel, Autos oder sonst irgendetwas ist zu hören. Diese Hochebene scheint ein schallschluckendes, schwarzes Loch zu sein. Kein Wind der in den Blättern spielt. Absolut nichts.

Christoph bewegt seinen rechten Fuß und Kies knirscht unter seiner Sohle. Das Geräusch scheint das gesamte Plateau zu erfüllen. Der Pförtner muss einfach Sohlen unter den Schuhen haben die kaum Geräusche verursachen. Und Christoph war ja auch sehr auf das Telefon konzentriert. Das Telefon war ziemlich laut erinnert er sich. Da kann man schon mal ein paar Schritte überhören.

„Ist das hier das Hotel Fläming?" fragt Christoph und muss husten. Seine Kehle ist wie ausgetrocknet. „In der Tat. Das war es schon immer." Der alte Mann betrachtet ihn langsam von oben nach unten und fährt sich mit der Zunge über die Unterlippe. Dann zieht er seine Mundwinkel zu einem Grinsen nach oben. „Brauchen Sie ein Zimmer?"

Jetzt spürt Christoph zum ersten Mal Angst. Das erste Unwohlsein und die erste Unsicherheit vereinen sich in einem steigenden Angstgefühl und nun will er einfach weg. Die Müdigkeit und der Hunger sind wie weggewischt. Das Haus und dieser Typ machen ihm Angst. Dazu die Location die jeden Horrorfilmer begeistern würde.

„Nein, alles ok." Jetzt lächelt er auch. Er zwingt sich dazu. Ein Schritt auf sein Auto lässt den Kies wieder unter seinen Füßen knirschen. Sein Lächeln verkommt mehr zu einem hilflosen Grinsen. „Ich habe mich verfahren, bitte entschuldigen Sie", sagt Christoph und macht erneut einen weiteren Schritt auf sein Auto zu. Seine Knie sind mit einmal weich wie Butter und er muss sich konzentrieren, sich seine Furcht nicht anmerken zu lassen. Er sucht seinen Schlüssel in der Hosentasche. Seine Hand zittert. „Wir haben noch ein Zimmer frei und unser Koch macht das beste Fleisch in ganz Fläming", sagt der Pförtner und Christoph bemerkt wieder diesen ihm unbekannten Akzent. Die Art wie der Mann das Wort *Fleisch* aussprach klingt fremd. Es ist kein Sächsisch, Fränkisch oder Berlinerisch. Irgendwie unbekannt. Es klingt wie *Flä-isch*. „Danke aber", sagte Christoph und hebt abwehrend die Hände. Aber der Pförtner schneidet ihm freundlich das Wort ab. „Und eiskaltes Bier." Wieder dieses Lächeln. Christoph unterdrückt den kurzen Impuls einfach *nein* zu schreien und ins Auto zu springen. Er holt tief Luft. „Ich muss... dringend weiter." Er hat Mühe seine Stimme ruhig klingen zu lassen. Mit der rechten Hand deutet er in den dunklen Wald unter ihm. „Da geht es zur Autobahn, oder? Wissen Sie wie ich auf die Autobahn komme?" Er zeigt unsicher in verschiedene Richtungen. Der Pförtner sieht nicht mal in Eine. „Wir haben heute auch mehrere Scotch und Gin auf der Karte. Die Lieferung ist angekommen", sagt er. „So etwas hatten wir schon lange nicht mehr." Der freundliche Blick des alten Mannes lässt Christoph innehalten. „Sie müssen dafür nichts zahlen. Natürlich. Dafür nicht. Sie probieren und sagen uns welcher Scotch Ihnen am besten gefallen hat. Das wäre uns auch eine große Hilfe." Er hebt die rechte freie Hand wie ein Verkehrspolizist triumphierend über seinen Kopf. „Danach haben Sie die Wahl welche Flasche sie mit aufs Zimmer nehmen möchten. Die kostet dann allerdings etwas. Aber nicht viel." Die Augen des Mannes durchbohren Christoph regelrecht. Hatte er ihm eben zugezwinkert? Christophs Magen knurrt und er merkt plötzlich wie müde er eigentlich ist. Wovor hat eigentlich plötzlich so eine Angst? Wir sind in Deutschland. Nicht in Transsylvanien. Das hier ist ein normales Hotel und zumindest den Autos nach zu urteilen bin ich nicht der einzige, denkt Christoph. Was soll also passieren? Das dem Pförtner plötzlich Vampirzähne wachsen und er über ihn herfällt? Viel Geld hat er auch nicht dabei. Ein Raubmord würde sich also nicht lohnen. Und sein Auto ist auch schon mehr als 10 Jahre alt. Es gibt also kein Motiv ihm irgendetwas anzutun. Christoph lächelt und der Pförtner nimmt die Herausforderung an. Er lächelt noch mehr. Fast schon grotesk zieht er seine Mundwinkel in die Höhe.

„Kommen Sie mein Herr." Er scheint seine Gedanken gelesen zu haben. Christoph muss also nicht mehr überredet werden. Man muss ihm jetzt nur noch den Weg zeigen.

„Vielleicht haben Sie recht", murmelt er. Zur Not weiß Alexander ja wo er ist und ruft die Polizei. Was solls. Er geht zu seinem Audi, holt sein Portemonnaie aus dem Seitenfach der Fahrertür und schließt den Wagen ab ohne den Pförtner aus den Augen zu lassen. Der steht einfach da wie eine Statue. Die rechte Hand hat er mittlerweile wieder hinter seinem Rücken verborgen. Den Rucksack mit dem Laptop hatte Christoph schon neben dem Wagen gestellt. Nicht das er hier arbeiten will, wie könnte er ohne Netzkabel, aber wenn hier jemand in das Auto einbricht um den Laptop zu klauen wäre die Arbeit von Wochen futsch. Nicht zu vergessen die Kontaktdaten der zukünftigen Kunden von heute.

Mit einer leichten Kopfbewegung fordert der Pförtner Christoph auf ihm zu folgen und geht dann langsam in Richtung Hotel. Oder Schloss? Ein schwaches und tanzendes Licht bewegt sich nun lautlos über den Parkplatz. Christoph zögert erst und folgt ihm dann doch. Seine knirschenden Schritte sind Kilometerweit zu hören. Die Schritte von dem Pförtner hört man nicht. Er muss besondere Schuhe haben.

Je näher Christoph dem Schloss kommt, desto beeindruckender erscheint es ihm. Rechts und links werden zwei große Türme vom Mondlicht angestrahlt die mit einer hohen Mauer verbunden sind. Fast sieht das Ganze aus wie eine kleine Burg ohne Zugbrücke. An der vorderen Front sind drei Etagen erkennbar. Jedenfalls sind es maximal drei Fenster die an manchen Stellen übereinander angebracht sind, woraus Christoph schließt, dass es drei Etagen sein müssen. Keines der Fenster ist erleuchtet. Auch aus dieser kurzen Entfernung kann man hinter den vergitterten Scheiben nichts erkennen. Das ganze Gebäude scheint leblos auf dem Berg zu thronen. Wie die Spitze eines Eisbergs. Tiefe und weite Kellergewölbe voll mit Zombies und Mumien erscheinen plötzlich vor seinem inneren Auge. Christoph bleibt stehen und lässt diese gewaltige, alte Präsenz des Gebäudes auf sich wirken. Wie eine Szene aus dem Computerspiel Diablo. Erst passiert nichts und eine unheimliche Stimmung baut sich auf. Dann stürmen plötzlich von überall Kreaturen auf den Helden zu. Ruhig, denkt sich Christoph. Das Gebäude ist nur ein Gebäude. Ein Hotel im Wald. Hinter den Fenstern ist nichts und die Gäste schlafen bereits. Und doch spürt Christoph etwas. Er kann es sich nicht erklären. Ein ungutes Gefühl wie auf einem kleinen Schiff auf einem ruhigen Ozean voller Haie. Nachts. Man sieht nichts und doch ist sie da. Die endgültige Bedrohung. Getrennt durch die dünne Außenhaut des Schiffes.

Langsam geht er weiter bis er vor dem Eingang steht. Die beiden großen, massiven Türflügel sehen so stabil aus als ob sie mühelos jeden unerwünschten Gast aufhalten können. Neben den Türen ist auf jeder Seite eine Halterung für ein Licht angebracht die jedoch leer zu sein scheinen. Für Fackeln? Wie alt ist der Kasten wohl fragt sich Christoph. Und vor allem wie groß? Nach hinten raus scheint das Gasthaus noch größer zu werden.

Christoph bemerkt, dass der Pförtner auch stehengeblieben ist und ihn lächelnd beobachtet. „Wie alt ist das Haus?" unterbricht Christoph die Stille. Der Pförtner lacht laut los. Ein hohles, krächzendes Lachen. „Das Haus", murmelt er, während er sich vom Lachen wieder beruhigt. „Das Haus", wiederholt er schmunzelnd und starrt dann an Christoph vorbei in den Himmel. Er presst kurz die Lippen aufeinander. „Das ist sehr alt", sagt er schließlich. Ernst. Ohne eine Spur vom eben noch lachenden Ton. „Aber als Haus wurde es noch nie bezeichnet." Der Pförtner wollte noch etwas hinzufügen, hält aber inne und schaut in die Ferne und scheint plötzlich einem Geräusch zu lauschen das nur er hören kann. Christoph hört nichts. Absolute Stille. „Kommen Sie." Der Pförtner dreht sich um und geht weiter. Christoph folgt ihm. „Heute sind viele Gäste da", sagt der Pförtner der inzwischen an der Tür angekommen ist. „Wir sind fast ausgebucht. Aber ein Zimmer ist noch frei", sagt er und es klingt beruhigend. Soll beruhigend klingen. Wie ein ganz normaler Pförtner vor einem ganz normalen Hotel. Ein Pförtner der auf Trinkgeld aus ist.

„Vielleicht spielt heute Abend eine Musikgruppe", sagt er. „Vielleicht... Das liegt natürlich ganz bei Ihnen." Wieder dieser unbekannte Akzent. *Natürlich* klingt wie *Natir-lich* mit einem langgezogenen R. „Eine Musikgruppe? Eine Band? Hier?" fragt Christoph. Er lässt seinen Blick über die Vorderseite des Hotels schweifen. Was für eine Art von Musik wird hier wohl gespielt? Er muss kurz an eine Szene aus dem Film Shining denken. Glen Miller. Mit dieser Kulisse. Das wird ihm keiner glauben. Er muss lächeln. „Das wär schon was. Wie spät denn? Ich muss eigentlich morgen früh wieder los."

„Wie gesagt", erwidert der Pförtner. „Das liegt ganz bei Ihnen." Christoph sieht ihn an. Wie soll ich das verstehen? Spielt die Band eventuell den ganzen Abend und ich kann entscheiden wann ich mir die ansehe? Das klingt doch vielversprechend.

Christoph dreht sich noch einmal um und lässt seinen Blick über die geparkten Autos schweifen. Seine Augen haben sich mittlerweile an die Dunkelheit gewöhnt und das Mondlicht reißt den Parkplatz förmlich aus der Dunkelheit. Er zählt etwas mehr als 20 Autos. Ein paar sehen aus wie aus einem Museum, ein paar aus den 60ern, 70ern und auch ein neueres Model eines Opel Vectra kann er erkennen. Zumindest sind ein paar Gäste hier. Sein Blick wandert wieder zur Vorderfront des Hauses. Noch immer ist das Haus stockdunkel. Majestätisch ragen die Fenster über ihm auf. Wie hungrige Augen starren sie auf ihn herab. „Die Gästezimmer sind alle zur anderen Seite des Waldes", sagt der Pförtner. Er scheint seine Gedanken zu lesen. „Hier vorne sind nur Verwaltungs- und Dienstzimmer. Da arbeitet heute keiner mehr." Er kichert.

Der Pförtner steht an der Tür und hebt einen schweren Türklopfer an. „Also dann", sagt er. Türklopfer ist eine Verniedlichung stellt Christoph fest. Rammbock hätte besser gepasst. Ein riesiger Metallstab der von einem rostigen Scharnier herunterhängt und eine schwere Eisenkugel trägt. Diese kracht nun mit einem lauten *Rumms* auf eine dreieckige Fläche. Ebenfalls aus Metall.

Bei dem Geräusch zuckt Christoph zusammen. Der Schlag hallt durch das Schloss und scheint aus den Fenstern wieder herauszukommen. Auch im Wald klingt der metallische Klang nach. Irgendwie endgültig. Wie ein Richter der mit seinem Hammerschlag das Urteil in Stein meißelt. Es gibt kein Zurück mehr.

Wie von Geisterhand öffnet sich die linke der beiden riesigen Flügeltüren. Warmes Licht dringt nach draußen in die Dunkelheit. Mit einem Lächeln macht der Pförtner eine einladende Geste mit seiner rechten Hand und deutet in das Hotel. Christoph zögert. Er blickt noch einmal zu seinem Audi. Der steht in einiger Entfernung. Sein einziger Weg hieraus. Noch kann er wegfahren. *Geh da nicht rein. Komm. Ich fahre dich zurück. Ich bringe dich nach Hause.* Die roten Rücklichter seines Audis scheinen nach ihm zu rufen. Christoph will instinktiv einen Schritt auf sein Auto zugehen. Doch er schafft es nicht. Stattdessen dreht er sich zum einladenden, warmen Licht und geht einen Schritt darauf zu. So ungefähr mussten sich C3PO und R2D2 gefühlt haben, als sie zum ersten Mal den Palast von Jabba betraten. Wie eine Maus die eine Mausefalle sieht. Der saftige Käse. Den Käse sehen, aber die Klammer und die Sprungfeder der Falle nur ahnen. Den Käse berühren aber nicht bewegen. Am Käse riechen, ihn aber nicht bewegen.

3. Kapitel

Mit dem nächsten Schritt durch die Tür ist plötzlich alle Angst wie weggewischt. Er fühlt sich nicht mehr ängstlich. Warum auch? Er taucht nicht in den Schlund eines Ungeheuers. Er ist nicht in einer anderen Welt. Nur in einem alten Hotel. Ein Gebäude. Ein Haus. Nichts weiter.

Die Luft ist hier anders als draußen. Weicher und wärmer. Und sie riecht definitiv nicht nach Ungeheuer. Eine Mischung aus einem alten Kleiderschrank und nach kaltem, nassem Keller. Aber nicht unangenehm. Die echten Kerzen an den Wänden, die die einzige Quelle des Lichtes sind, flackern leicht als er den Eingangsflur betritt. Das warme Licht umgibt ihn wie eine herzliche Umarmung

Christoph steht nun im Eingangsflur des Schlosses. Wow! Er ist beeindruckt. Flur ist das falsche Wort. Flur ist eher eine Beleidigung für diesen riesigen Gang. Genau wie der Türklopfer. Alles ist hier einfach riesig. Dieser Flur ist fast so groß wie ein U-Bahn Schacht. Auf dem Boden liegt ein tiefroter, dicker und schwerer Teppich der jedes Geräusch verschluckt. An den Wänden hängen ebenfalls Teppiche mit verschiedenen Mustern und Symbolen die Christoph noch nie gesehen hat. Die Farben sind insgesamt eher dunkel und düster. Schwarz mit Bordeauxrot. Teilweise ein dunkles Blau und hin und wieder ein dunkles Grün. Die Regelmäßig angebrachten Kerzenhalter scheinen so hell, dass sie jede Bedrohung sofort erkennen lassen. Er schaut nach oben. Die Decke kann er allerdings nicht erkennen. Sie ist an dieser Stelle so hoch dass sie im Dunkel verschwindet.

Die riesige Tür hinter Christoph kracht ins Schloss. Er erschrickt und dreht sich um. Von innen sieht die Tür fast noch massiver aus als von außen. Wenn diese Tür verriegelt ist wird er hier nie wieder rauskommen. Die Fenster sind bestimmt alle vergittert wie die an der Vorderfront, denkt er. Es wirkt fast wie ein Gefängnis. Doch bevor er irgendwie auf den Gedanken reagieren kann hört er eine Glocke. Kein Tischglöckchen, das man zum Essen läutet, auch keine schwere Kirchenglocke, sondern irgendetwas dazwischen. Ein Schlag der aus der Richtung kommt in die der Gang führt. Dann ist es wieder still. Ein leichter Windzug zieht plötzlich durch den Gang und lässt die Kerzen kurz um ihr Leben kämpfen. Fragend sieht er den Pförtner an der noch immer an der Tür steht. „Man freut sich schon auf sie", beantwortet der Pförtner die unausgesprochene Frage. „Bitte", sagt er und deutet in die Richtung die tiefer in das Innere führt. Leicht irritiert geht Christoph langsam in die Richtung. Der Pförtner huscht mit schnellen Schritten an ihm vorbei. Christoph folgt ihm in einigem Abstand. Die Muster an den Wänden wiederholen sich in unregelmäßigen Abständen und manchmal hat er das Gefühl, diese Art von Muster zu kennen. Irgendwo hat er die schon einmal gesehen.

Er sieht wieder nach vorne und bleibt plötzlich stehen als er eine Frau erkennt die in einiger Entfernung an der Wand lehnt. Sie sieht ihn an. Es ist die Frau vom Plakat. Ihm steht der Mund offen. Sie steht einfach regungslos da und sieht in seine Richtung. Sie lächelt. Sie ist ungefähr so groß wie er und allerhöchstens 30 Jahre alt. Die knallroten Stöckelschuhe, vielmehr Stöckelstiefel, denkt er, gehen ihr bis zu den Knien. Ansonsten trägt sie einen knappen, ebenfalls knallroten Minirock mit dazugehörigem Top. Bauchfrei.

Sie kommt langsam auf ihn zu. Er steht einfach nur da und starrt sie an. Um ihren Hals trägt sie ein großes, goldenes Amulett mit einer Reihe von unbekannten Schriftzeichen. Was ihn aber am meisten beeindruckt, sind die blauen Augen und die pechschwarzen, schulterlangen Haare. Diese Kombination sieht man nicht oft. Er muss sich eingestehen, dass er in seinem Leben noch nie so eine so schöne Frau gesehen hat. Im Gegensatz zum Werbeplakat ist diese Version der Frau deutlich attraktiver. Jetzt bleibt sie einen Meter vor ihm stehen und starrt ihn nicht einfach an wie Christoph es mit ihr tut. Vielmehr mustert sie ihn von oben bis unten. „Hallo Christoph", sagt sie mit einer angenehmen Stimme und lächelt. Ein ehrliches, herzliches Lächeln wie er feststellt.

Christoph stockt der Atem. Christoph? Hat sie eben seinen Namen gesagt? Hat er sich dem Pförtner etwa schon vorgestellt und es vergessen? Wann hat er ihr seinen Namen gesagt? Was zur Hölle wird hier eigentlich gespielt? Fragend blickt er in ihre Augen. Sie kommt noch einen Schritt näher und steht jetzt direkt vor ihm. Bevor er etwas sagen kann entzündet sie ein Streichholz. Sie lächelt ihn an und steckt mit dem brennenden Streichholz eine kleine Laterne die an einem Haken an der Wand hängt, nimmt sie schließlich ab und hält sie ihm entgegen. „Für dich", sagt sie und bläst das Streichholz aus. Genau in sein Gesicht. Mechanisch nimmt er die Laterne und sucht nach Worten. „Danke", sagt er nur. Ihr Atem riecht nach Streichholz. „Endlich bist du da", sagt sie. „Ich bin gespannt". „Danke", sagt er wieder weil ihm grade nichts anderes einfällt. Er will sie fragen woher sie seinen Namen kennt. Und worauf sie gespannt ist. *Und was zur Hölle das hier alles soll?* „Komm", sagt sie, dreht sich um und geht in die Richtung, in die auch der Pförtner eben verschwunden war. Christoph sieht nun eine von oben herabhängende Eisenkette vor der sie gestanden hatte als sie an der Wand lehnte. Die Kette führt nach oben durch einen kleinen Ring und ist an einer kopfgroßen Glocke befestigt. Diese hängt etwa zwei Meter über dem Boden. Das war die Glocke die er grade gehört hatte. Aber was soll das? Er schaut verwirrt nach oben zur Glocke. Der Schlägel pendelt noch ganz leicht hin und her.

Er ist verwirrt. Er schaut in die Richtung aus der er gekommen war und kann die Tür kaum noch erkennen. Wo zum Teufel ist er hier gelandet? Was ist das hier für ein Ort? Er war schon in einigen Hotels und Gasthäusern. Manche waren sogar sehr alt und rustikal. Aber sowas wie das hier hatte er noch nicht erlebt. Nicht mal im Ansatz. Ihm kommt plötzlich ein Gedanke. Was ist wenn er tot ist. Er war auf der Autobahn verunglückt und das hier ist das Paradies. Der Himmel von dem seine Oma immer gesprochen hatte. Der Ort an dem er sie wiedersehen würde. Oder die Hölle? Von der Stimmung schon eher. Dann muss das hier die Hölle sein. Aber bis auf die Gedanken die ihm durch den Kopf schießen geht es ihm gut. Er leidet keine Qualen. Keine Pein. Kein Gehörnter mit Pferdefuß der ihn begrüßt. Kein Buch des Lebens das ihm seine Sünden auflistet und die Stufe der Bestrafung festsetzt. Wo zum Teufel ist er hier also? Bestimmt ist er nicht tot und das hier ganz bestimmt ein normales Hotel. Und alle Hotels haben Werbeprospekte an der Rezeption. Die wird er sich jetzt ansehen. Und dann wird er gleich Alexander anrufen.

Er geht nun den Flur weiter der in einem riesigen, quadratisch angelegten Raum mündet. Das muss die Empfangshalle sein. Zwei riesige Kronenleuchter erhellen den Raum. Die Kronenleuchter hängen an langen, schweren Ketten von einer hohen Decke herunter und tragen ebenfalls echte Kerzen. Der Raum ist mindestens 6 Meter hoch. Dieses Mal kann er die Decke erkennen. Es ist ein, von künstlerischen Hochreliefs übersätes, dunkles Holz. Große Figuren, kleine Figuren, Tanzend, Kämpfend, Leidend. Das Ganze gespickt mit vielen Symbolen. Bei einigen Szenen muss er an Dantes göttliche Komödie denken. *Er ist also doch in der Hölle. Im Fegefeuer. Hier wird jetzt doch festgestellt welche Qualen er erleiden muss.* In ungefähr 3 Meter Höhe, also fast auf halber Höhe des Raumes, umrundet eine Galerie mit einem eisernen Geländer die Empfangshalle. Auf dem Boden der Empfangshalle liegt ebenfalls ein schwerer Teppich wie im Flur vorher. Zu seiner Rechten befindet sich eine große, verschlossene Tür und rechts daneben hängt ein großes Gemälde welches eine ältere Frau darstellt. Sie sitzt auf einem alten Lehnstuhl und blickt ihn an. Das machen Personen auf Gemälden immer, weiß Christoph. Zu seiner Linken befindet sich eine einladende Sitzecke. Ein rustikales Sofa mit einem schwarzen Stoff und drei Sessel, ebenfalls mit schwarzem Stoff, stehen sich gegenüber. In der Mitte der Sitzgruppe steht ein kleiner Holztisch auf dem ein aufgeschlagenes Buch liegt. Wahrscheinlich vertreibt sich hier der Pförtner die Zeit.

Am Kopfende des Raumes steht schließlich ein großer, schwerer Holztisch der von zwei hockenden Kreaturen aus Holz flankiert wird. Eine Mischung aus Hund und Drachen. Sie erinnern ihn an eine Serie die er als Kind gerne gesehen hatte. Ihm fällt nur der Name nicht ein. Die ganze Szene sieht nicht grade einladend aus. Nicht wirklich abstoßend, aber auch nicht wirklich einladend, stellt Christoph fest. Ok, nicht ganz. Ein Teil ist schon einladend. Er sieht wie die Frau von vorhin hinter dem Schreibtisch steht, in einem Buch blättert und hin und wieder Notizen macht. Hinter der Frau befinden sich eine kleine Tür und eine riesige Wanduhr. Ein schweres Pendel schwingt im Sekundentakt hin und her und plötzlich bemerkt Christoph das leise Tick-Tack. Bis jetzt war ihm das nicht aufgefallen.

Die Frau blickt auf und sieht ihn herausfordernd an. Christoph bemerkt, dass er instinktiv am Eingang stehengeblieben ist. Die Atmosphäre in dem Raum hatte ihn umgehauen. Rechts neben der Rezeption führen Stufen im Kreisbogen einen Gang nach oben auf die Galerie. Links neben der Rezeption ist ebenfalls eine Treppe die allerdings nach unten führt. Kleine Kerzen an den Wänden säumen rechts den Aufgang und links den Abgang. Er macht ein paar Schritte zur Rezeption und beim Näherkommen sieht er auch den über der Rezeption hängenden, riesengroßen Wandteppich mit der Aufschrift *Gasthaus Fläming* in altdeutscher Schrift. Der gesamte Schriftzug ist gespickt von unbekannten Symbolen. Unheimlich und faszinierend zugleich. Christoph atmet tief durch und geht langsam auf die Rezeption zu. Genau im Takt der Standuhr. Er ist hier richtig.

Während er langsam vorwärts geht bemerkt er im Augenwinkel wie ihn die Augen der Frau auf dem Gemälde verfolgen. Sie bewegen sich. Es ist nicht ganz wie ein normales Gemälde wo der Betrachter aus jeder

Position das Gefühl hat angesehen zu werden. Das hier ist anders. Das ganze Bild scheint lebendig. Hatte sie ihren Kopf nicht auch gedreht? Jetzt bleibt er stehen und sieht das Gemälde an. Er sieht der alten Frau auf dem Gemälde in die Augen. Ein leichter Schauer läuft ihm über den Rücken. Die Augen. Blau, eiskalt und böse. Je länger er in diese Augen sieht, desto mehr hat er das Gefühl in einen Strudel von schwärze und dunkler Bosheit gezogen zu werden. Eine Mischung aus Panik und aufsteigendem, schlechten Gewissen macht sich in seinem Magen breit. Ein bedrückendes Gefühl. Er muss wegsehen. Er muss. Irgendwo über ihn geht plötzlich eine Tür auf und lautes Lachen einer größeren Gruppe Menschen quillt über das Geländer der Galerie zu ihm herunter und reißt ihn aus seinen Gedanken. Die Tür wird wieder zugeschlagen und gedämpfte Schritte bewegen sich über ihn und entfernen sich. Er sieht jetzt nach oben und versucht zu erkennen was für Menschen noch hier abgestiegen sind, kann aber in dem schummrigen Kerzenlicht auf der oberen Etage niemand erkennen. Die Schritte entfernen sich weiter und scheinen eine Treppe hinauf- oder herunter zu gehen. Das hier ist ein Hotel. Ein normales Hotel mit normalen Gästen. Er wendet sich wieder der Rezeption zu und sein Blick streift das Gemälde und ein Schreck fährt in seine Glieder. Dieses Mal lächelt die alte Frau. Das hat sie vorhin nicht getan. Jedenfalls nicht so. Sein Kopf zuckt zu der hübschen Frau in rot hinter der Rezeption und wieder zurück zum Gemälde. Er will grade etwas sagen und wendet sich wieder der hübschen Frau zu, aber die Frau hinter dem Tisch sieht auch zum Gemälde. Sie hat es anscheinend auch bemerkt. „Was", fängt Christoph an. Doch als er wieder zum Gemälde sieht lächelt die alte Dame nicht. *Nicht mehr.* Sie sieht ihn genauso an wie sie ihn erst angesehen hat. Mit kalten, blauen und bösen Augen. Schweiß steht auf seiner Stirn. Sein Herz hämmert jetzt schneller als die Standuhr. Er dreht sich mit offenem Mund wieder zu der Frau hinter dem Rezeptionstisch. Sie sieht ihm in die Augen. Achtet auf jede seiner Bewegung. Aber er steht einfach nur da und sieht sie an. Jetzt hat er

Angst wieder seinen Kopf zum Gemälde zu drehen. *Nicht. Mach es nicht.* Doch er kann nicht anders. Verstohlen blickt er zu dem Gemälde. Nichts. Keine Veränderung. Wieso auch? Ein Gemälde kann sich nicht ändern. Er schlägt sich mit seiner Faust auf den Hinterkopf. Er braucht das jetzt um wieder in der Realität anzukommen. Er muss über sich selbst lachen. Mit einem Kopfschütteln geht er zur Rezeption. Die kleine Tür hinter der Rezeption geht in dem Moment auf als Christoph die Hände auf den Tisch legt und der Pförtner kommt zum Vorschein. Er stellt sich neben die Frau im roten Outfit, nickt Christoph zu und legt einen Zettel im DINA 4 Format auf den Tisch. Er und die Frau sehen jetzt Christoph an. Das Lächeln kommt bei beiden gleichzeitig.

„Ehm, ja", fängt Christoph an. Er räuspert sich. „Schön dass du es noch rechtzeitig geschafft hast", fällt ihm die Hübsche ins Wort und zeigt ihm ihr bestes Lächeln. Die Zähne sind perfekt. „Du hast noch genügend Zeit." „Ja, danke", sagt Christoph nach einigen Sekunden. Wieso rechtzeitig? Zeit wofür? Hat er etwas verpasst? Meint sie die Band von der der Pförtner gesprochen hatte? Natürlich, was sonst. Die Musiker spielen bestimmt nur zu festgelegten Zeiten.

„Ich brauche ein Zimmer für eine Nacht." Christoph sieht erst die Frau an, dann den Pförtner. „Und dann noch was", fährt er fort. „Hat die Küche noch geöffnet?" „Natürlich", kommt sofort das akzentschwangere Wort aus dem Mund des Pförtners. „Du bekommst hier alles was du brauchst", fährt die Hübsche fort und sieht ihm in die Augen. Ist es so gemeint wie er es verstanden hat? Er merkt wie er rot wird und sieht schnell zum Pförtner. Dieser nimmt grade einen alt aussehenden Füllfederhalter aus einem Fach unterhalb der Schreibtischplatte, betrachtet ihn kurz und legt ihn dann auf den Tisch neben dem Zettel.

„Ich habe mich noch gar nicht vorgestellt", sagt sie und unterbricht das Ticken der großen Uhr. „Mein Name ist Maria und das ist Gerhardt." Sie deutet mit ihrem Augen auf den Pförtner. Ihren schönen

Augen. „Ich bin heute für dich verantwortlich und plane den heutigen Abend. Doch vorher ist da noch etwas." Dabei deutet sie auf den Zettel der auf dem Tisch liegt. Neben dem Zettel liegt der alte Füllfederhalter. „Wir sind kein normales Hotel. Jedenfalls nicht so normal wie du vielleicht denkst, Christoph." Sie sieht ihn an. Er reißt erstaunt die Augen auf und ist erleichtert. Ha! Denkt er. Natürlich nicht. Glaubst du ich bin blind? Endlich spricht das mal jemand aus. Natürlich ist das kein normales Hotel. Dieses Haus. Diese Stille. Diese..., er sucht nach den richtigen Worten, komischen Leute. Das Gemälde. Er reißt sich zusammen um nicht hinzusehen. Es beruhigt ihn, als er bemerkt, dass er doch nicht verrückt geworden ist. Außer ihm sagen auch andere, dass es hier nicht ganz normal ist.

Sie tippt mit dem Finger auf den Zettel. Verlegen schaut sie für den Bruchteil einer Sekunde auf das Gemälde und dann sofort wieder zu Christoph. Das Gemälde mit der alten Frau. Er widersteht und sieht nicht hin. Er bewegt seine Hand zu dem Zettel und will ihn aufheben. Die Hand der Hübschen ist schnell und sie legt ebenfalls ihre Hand darauf. Fast berühren sich ihre Fingerspitzen. „Es gibt bei uns eigentlich nur zwei Arten von Gästen", sagt sie und Gerhardt kichert leise. Christoph schaut langsam von einem zum anderen. „Die Einen", fährt sie fort und streckt den Zeigefinger der freien Hand in die Höhe, „sind die, die zur Familie gehören." Gerhardt schaut ihn jetzt ernst an. Kein Lächeln. Sie lächelt. „Die anderen", sagt sie während sich der Mittelfinger zum Zeigefinger gesellt, „sind eigentlich nur zum Essen da." Gerhardt kichert jetzt wieder. Sie sieht Christoph an. Ihr Blick wartet auf eine Antwort. Christoph zieht die Stirn in Falten und versucht zu verstehen was man hier von ihm eigentlich will. Familie? Er öffnet den Mund um was zu sagen. Er will übernachten und etwas essen. Er ist zu müde um zu verstehen was man hier von ihm will.

„Um zur Familie dazuzugehören", sagt sie bevor er zu Wort kommt, „musst du Mitglied werden." Gerhardt nickt eifrig. Sie nimmt die Hand von dem Zettel. „Du hast die Wahl", sagte sie und legt den Kopf schräg während sie ihn ansieht. Jetzt lächeln ihn wieder beide an. Eine Mitgliedschaft? Was für ein Quatsch. Er will nur Schlafen und Essen. „Kostet das was?" fragt Christoph. „Ich meine. Diese Mitgliedschaft. Gilt das nur für dieses Hotel?" Er weiß nicht was er davon halten soll. Gut, vielleicht ist das so eine Art Verein und eine Mitgliedschaft lässt ihn in verschiedenen Hotels absteigen. Vielleicht sogar welche an irgendwelchen sonnigen Stränden.

„Kein Geld, wenn du das meinst", antwortet sie. „Wenn du Mitglied bist geht natürlich alles aufs Haus. Selbst die Übernachtung hier." Er schaut ihr in die Augen. Die schönen blauen Augen. Hatte sie ihm grade zugezwinkert? Er versucht es zu vermeiden, aber er errötet trotzdem. Seine Hand legt sich auf den Zettel und zieht ihn zu sich. „Was würde eine Übernachtung normalerweise kosten?" Er bekommt keine Antwort und sieht sie an. „Ich meine", fährt er fort. „Wenn ich kein Mitglied werde." Er nimmt den Stift. Im Grunde ist es ihm egal. Austreten kann er ja wieder wenn es ihm nachher zu teuer ist. Verträge kann man schnell wieder kündigen. Das hatte er schon mehr als einmal gemacht als zum Beispiel sein Vodafone Vertrag teurer war als vereinbart. Dafür hat er eine Rechtschutzversicherung. Er sieht die beiden trotzdem fragend an. Zum ersten Mal hat Christoph das Gefühl, dass sie verunsichert ist. Sie sieht Gerhardt an. „Dann bleibt nur die Küche", murmelt Gerhardt. Bei diesem Satz lacht der Pförtner kurz laut auf. Und auch sie versucht nicht zu lachen, schafft es aber nicht. Christoph sieht von einem zum Anderen. Er versteht nicht was daran lustig ist. Er lächelt mit. „Klar", sagte er. „Nur essen und dann wieder verschwinden. Das habe ich nicht vor. Ich bleibe bis morgen." Gerhardt und die Frau lachen jetzt noch mehr. Ein ansteckendes Lachen. Christoph lacht jetzt auch. Er hat den Stift jetzt in der rechten Hand. Gerhardt und Maria halten plötzlich inne und schauen gebannt auf jede seiner Bewegungen. Christoph zögert. „Der Koch bereitet dir in diesem Moment ein köstliches Abendbrot", sagt Maria ohne den Blick von dem Stift abzuwenden. „In dreißig Minuten wird es im Musikzimmer serviert. Sei bitte pünktlich." Sie deutet mit einem Kopfnicken auf den Pförtner. „Gerhardt wird dir gleich dein Zimmer zeigen. Das Musikzimmer befindet sich im ersten Stock, Zimmer 121." Sie deutet mit dem Kopf nach oben ohne dabei den Stift aus dem Blick zu lassen. Ihre Haare fallen bei der Kopfbewegung in den Nacken. Er muss hinsehen. Sie bemerkt seinen Blick und lächelt wieder. „Wenn du bitte jetzt unterschreiben würdest." Christoph sieht auf den Zettel und liest die ersten handgeschriebenen Worte der noch nicht ganz trockenen Tinte. In alter, sehr kunstvoller und sauberen Schrift stehen dort nur wenige Worte. „Mitglied, ja?" murmelt er. „In einem Hotel Club?" Er versucht den Text zu entziffern, doch die Worte verschwimmen vor seinen Augen. Er ist sehr müde. Christoph kann eine feine Linie erkennen unter der sein voller Name steht. Er wundert sich immer noch, dass man hier seinen vollen Namen kennt. Er muss es dem Pförtner auf dem Parkplatz gesagt haben. Neben der Linie mit seinem Namen steht das Datum. 21. September 1875. Jetzt lacht er müde. Ein Softwarefehler. Der Tag stimmt aber das Jahr ist falsch. Er tippt auf die Jahreszahl. „Checkt mal das Datum in eurem System." Er gähnt. Morgen früh wird er sich den Vertrag nochmal zeigen lassen und im schlimmsten Fall widerrufen. Jetzt hat er nur ein Ziel: Sein Bett und etwas zu essen.

„Gibt es ein Problem Christoph?" Die Frau scheint irritiert zu sein und einen kurzen Moment kann Christoph sehen wie sich ein Ausdruck von Besorgnis durch ihr Lächeln drückt. „Nein, alles OK", sagt er. „Nur das Datum." Er gähnt und winkt ab. „Egal."

Er nimmt den Stift in die Hand und zuckt zurück. „Was", stammelt er. Ein kleiner aber schmerzvoller Stich fährt in seinen rechten Zeigefinger. Als ob sich eine kleine Nadel, nein eher eine Schlange, sich in seinen Finger verbissen hatte. Er lässt den Stift auf den Tisch fallen und betrachtet seinen Finger. Ein kleiner Tropfen Blut bildet sich auf der

Fingerkuppe und läuft den Zeigefinger herab. „Oh nein, der alte Stift."
Gerhardt verdreht übertriebener maßen die Augen und hebt die Hände.
„Der ist auch nicht mehr der beste. Tut mir sehr leid", sagt Gerhardt
theatralisch und legt sofort ein Taschentuch auf den Tisch. „Der war
schon mal zerbrochen und wurde wieder repariert. Anscheinend ist er
wieder kaputt." Christoph betrachtet seinen Finger und wischt ihn sich
mit dem Taschentuch ab. „Kein Problem", murmelt er und nimmt den
Stift wieder in die Hand.

Während er unterschreibt kann er im Augenwinkel sehen wie sich die
Frau und der Pförtner kurz ansehen. Was für ein Hotel. Christoph
entscheidet sich später nach Bewertungen im Internet zu schauen. Da
gibt's bestimmt schon was. Nicht einmal eine Sekunde nachdem er seine
Unterschrift in roter Tinte beendet hatte, zieht ihm Gerhardt den Zettel
weg und greift nach dem Stift. Christoph kann gar nicht so schnell
reagieren und bevor er protestieren kann ist der Stift in Gerhardts Hand.
Gerhardt zerbricht den Stift vor Christophs Augen. „Jetzt kommt der
weg", sagte der und grinst. Rote Tinte läuft aus dem zerbrochenen Stift
aus. Wie ein Tier dem das Rückgrat gebrochen wurde liegt der Stift in
Gerhardts Hand. Das Tier blutet aus und befleckt die weißen
Handschuhe. Mit einer fließenden Bewegung wirft er ihn in einen Korb
unter dem Schreibtisch ohne dabei lächelnd den Blick von Christoph
abzuwenden.

Maria nimmt den Zettel in die Hand und Christoph kann plötzlich ein
Wort entziffern das über seinem Namen steht. Stand das die ganze Zeit
da? *Familie.* Familie? Die Frau lässt den Zettel schnell in einem großen,
dicken Buch verschwinden welches ihr der Pförtner hinhält. Der
Einband ist aus Holz und auch sonst sieht das Buch größer und älter aus
als alle Bücher die Christoph bisher in den Händen gehalten hatte. Maria
klappt das Buch mit einem lauten Klack zu und reicht Christoph einen
großen Schlüssel mit einem Anhänger. Sie lächelt. „Wir sehen uns
später", sagte sie, zwinkert ihm dieses Mal wirklich zu und lässt das Buch

in einem Fach im großen Schreibtisch verschwinden. Er lächelt zurück. Familie. Er ist von allem verwirrt was er bisher hier gesehen hatte. Was kommt noch? Stellt sich nachher heraus, dass sie seine Schwester ist? Das wäre zu schade. Sein Finger brennt plötzlich und er sieht wie das Taschentuch voll mit Blut ist. Er wischt sich das Blut ab und will grade nach einem weiteren Taschentuch fragen. Unaufgefordert hält ihm Gerhardt eins hin und er wickelt seinen Finger darin ein während er den Kopf schüttelt. Hätte er sich zum Gemälde gewandt wäre ihm aufgefallen, dass die alte Dame einen Ausdruck der Freude auf ihrem Gesicht trägt. Anders als erst. Triumphierend. Vielversprechend.

Gerhardt kommt um den Tisch herum und deutet eine kurze Verbeugung an. „Kommen Sie bitte mit. Ihr Zimmer ist im zweiten Stockwerk." Er geht mit eiligen Schritten die Treppe hinauf. Christoph schultert seinen Rucksack mit dem Laptop und folgt ihm. Die Laterne, die ihm die Hübsche erst gegeben hatte, lässt er stehen. Sein Magen knurrt. Diesmal ziemlich laut. Er muss dringend etwas essen. Gerhardt ist schon auf den nach oben führenden Treppenaufgang verschwunden. „Warten Sie", ruft Christoph und hastet den Treppenbogen hinauf in den ersten Stock. Die Kerzen an der Wand flackern. Ein lauter Schlag auf einen Gong durchdringt plötzlich die Stille und Christoph bleibt stehen. Ein weiterer Schlag folgt. Die große Pendeluhr hinter der Rezeption schlägt zwölf Uhr. Gerhardt steht plötzlich neben ihm und sieht ihn an. „Geisterstunde". Der Akzent macht *Gaaisterrrstunde* daraus. Mitternacht? In 45 Minuten wäre er zuhause gewesen. Doch mittlerweile gefällt es ihm hier immer mehr. Etwas gruselig aber doch gemütlich. Er muss nachher oder morgen unbedingt ein Foto von dem Ganzen hier machen. Inklusive der Frau. Vielleicht richtet er die nächste Geschäftssitzung hier aus. Alles in allem ein recht gemütlicher und stiller Ort. Sehr zurückgezogen.

„Keine Sorge", sagt Gerhardt. „Es ist zwölf Uhr." Er deutet mit der linken Handfläche nach unten. „Die große Uhr. Gleich beginnt die

Geisterstunde." Er lächelt. „Ihr Essen ist auch gleich fertig." Für einen kurzen Augenblick scheint Gerhardt wieder einem Geräusch zu lauschen und blickt konzentriert in die Ferne. Etwas das Christoph nicht hören kann. Wie auf dem Parkplatz. Er steht einfach da. „Kommen Sie", sagt Gerhardt plötzlich und geht die Treppe zum zweiten Stock hinauf. Wieder völlig geräuschlos. Christoph kann sehen, dass sich im ersten Stock hinter dem Geländer auf der Galerie mehrere geschlossene Türen befinden. Zwischen den Türen hängen Gemälde. Und wieder ist darauf dieselbe ältere Frau abgebildet. Immer wieder mit verschiedener Kleidung und verschiedenem Hintergrund. Auf einem Bild sieht sie fast so aus wie die Maria von der Rezeption. Auf einem anderen Bild trägt sie ein überdimensioniertes Hochzeitskleid. Und immer der bohrende, lächelnde Gesichtsausdruck. Allerdings sind diese Gemälde anders als das in der Empfangshalle. Diese hier sind gemalt. Leblos. Echt. Gemälde eben. Er schüttelt den Gedanken ab, reißt seinen Blick los und folgt dem Pförtner die nächste Treppe hinauf in den zweiten Stock. Selbst auf dem Boden der Treppe liegt dieser schwere Teppich der jeden seiner Schritte verschluckt.

Christoph kann plötzlich hören wie weiter unten im ersten Stock eine Tür aufgeht. Lautes Gelächter und Gesprächsfetzen von einer größeren Gruppe Menschen dringt in die Galerie und zu ihm hinauf. Er bleibt stehen und lauscht. Die Tür geht wieder zu und schneidet alle Geräusche ab. Schritte kommen in seine Richtung. Das ist interessant. Neugierig dreht er sich um und sieht nach unten. Eine kleine, korpulente Frau mit blonden Haaren in einem roten, mit Rüschen besetzten Kleid geht am unteren Treppenabsatz vorbei und verschwindet in der Dunkelheit auf der anderen Seite der Galerie. Er hört wie eine Tür geöffnet und gleich wieder geschlossen wird. Dann ist es wieder still. Er scheint nicht der einzige Gast zu sein. Das beruhigt ihn.

Er dreht sich wieder um und geht weiter die Treppe hinauf. In einer Hand hält er den schweren Schlüssel und in der anderen den Riemen vom Rucksack der über seine Schulter hängt. „Hallo?" ruft er nach oben aber der Pförtner ist verschwunden. Oben endet die Treppe und er sieht einen langen Flur vor sich. Es sieht genauso aus wie unten, nur noch dunkler. Kein Kronenleuchter sondern lediglich ein paar Kerzen an den Wänden beleuchten den Gang der rechts und links von Türen gesäumt ist. Hier befinden sich keine Gemälde an den Wänden. Und zum allerersten Mal wundert er sich über die Kerzen. Gibt es hier keinen Strom oder soll es nur so altbacken aussehen? Das Ganze hier könnte sich tatsächlich 18 hundert irgendwas abspielen. Weil die Kerzen nur wenig Licht spenden kann er das Ende des Flurs kaum erkennen. Dieser kann aber nicht weit sein, denn die Kerzen hören nach knapp 50 Metern auf. Das Ende des Flures scheint ein schwarzes Loch zu sein. Er bleibt stehen und lauscht in die Dunkelheit. Absolute Stille. Nicht mal das Pendel der Uhr von der Rezeption dringt bis hierher. „Hallo?" Sein Ruf wird sofort von dem Teppich und den stoffähnlichen Tapeten verschluckt. Keine Antwort. Er geht ein paar Schritte weiter wobei jedes Geräusch seiner Schritte nur zu erahnen ist und er bleibt an der ersten Tür auf der rechten Seite stehen. Eine alte, schwere und massive Eichentür mit einem abgenutzten Messinggriff. Das kleine Schild, welches sich auf Augenhöhe befindet, ist ebenfalls aus Messing und trägt die Nummer 12. Er sieht auf das Schild seines Schlüssels. 216. Die erste Ziffer ist vermutlich das Stockwerk da er in den zweiten Stock geschickt wurde, denkt Christoph. Nummer 16 ist dann sein Zimmer. Er geht weiter und sieht sich alle Nummern auf den Türen zu seiner Rechten und Linken an. Es ist immer noch totenstill. Die Kerzen flackern leicht. Nummer 16 ist ungefähr auf der Hälfte des Ganges und er hält inne. Er lauscht nochmal in die Dunkelheit doch es ist unverändert. Still. Der Pförtner hat sich in Luft aufgelöst.

Er steckt den Schlüssel ins Schloss und dreht ihn herum. Ein leises Klicken bestätigt seine Annahme dass das hier sein Zimmer ist. Er drückt die Türklinke herunter und schiebt langsam die Tür auf.

4. Kapitel

Er erwartet ein Quietschen, oder zumindest ein Ächzen der Tür. Doch sie gleitet leicht und leise auf und er steht vor einem gemütlich eingerichteten, einladenden Zimmer. Frische Luft strömt ihm entgegen und vertreibt die leicht abgestandene Luft im Korridor. Ein großes Fenster auf der gegenüberliegenden Seite, bei dem die Vorhänge aufgezogen sind, lässt den Vollmond mit seiner ganzen Kraft den Raum erhellen. Der feine Luftzug, welcher durch das Öffnen der Tür durch das Zimmer zieht, bewegt leicht die Vorhänge an den Seiten. Die wenigen erleuchteten Kerzen an den Wänden flackern. Auch hier scheint es keinen Strom zu geben. Der Stil des Hauses zieht sich bis in den letzten Winkel und es wirkt alles in Allem recht einladend. Ein riesiges Bett steht an der Wand zu seiner Linken und füllt fast den gesamten Raum. Das dicke Kopfkissen lädt zum Schlafen ein und auch die Decke scheint sehr gemütlich zu sein. An der Wand zu seiner Rechten steht ein kleiner Schreibtisch mit einem Stuhl davor. Er betritt den Raum, schließt die Tür und geht am Bett vorbei zum Fenster. Die monderleuchtete Nacht zeigt eine beeindruckende Szene. Das Hotel liegt auf einem Berg, daher sieht er von oben auf ein großes Waldstück hinaus. Obwohl es eigentlich kein Waldstück ist wie Christoph feststellt. Es ist nur Wald. Keine Stadt oder Straße in weiter Ferne. Da ist absolut nichts außer Wald soweit das Auge reicht. Er reibt sich die Augen und merkt er wie müde er ist. Er gähnt und setzt sich auf die Bettkante. Ein leichtes Quietschen der Matratze ist das einzige Geräusch das er seit langem hört. Er sieht sich im Zimmer um. Auf dem Schreibtisch steht eine Flasche mit einem Glas. Ein Kärtchen lehnt an der Flasche. Neugierig steht er auf und nimmt die Karte in die Hand. Er hält die Karte in den Schein einer Kerze um zu erkennen was dort zu sehen ist.

Auf der Vorderseite ist ein handgemaltes Bild dieses Hauses oder Schlosses abgebildet. Sehr friedlich und überhaupt nicht unheimlich. Die

Sonne scheint und vor dem Schloss ist eine Blumenwiese angedeutet. Auf der Rückseite der Karte ist in kleiner, schöner Schrift ein längerer Text der mit *Lieber Christoph* anfängt. Er liest die sauber mit Hand beschriebene Karte. Nett. Er fühlt sich plötzlich wohl. Willkommen. Hier stimmt jedes Detail. Es ist schön hier. Er lächelt. Das Etikett der bräunlichen Flasche zeigt grobe Umrisse des Schlosses. Sonst nichts. Kein Schriftzug oder sonst ein Hinweis was sich darin befindet. Wahrscheinlich irgendein Hausschnaps. Wenn er den jetzt trinkt schläft er bestimmt im Stehen ein. Das erinnert ihn daran, dass er sich ausruhen wollte. Er geht zur Tür und dreht den Schlüssel so lange herum bis es nicht mehr geht. Sicher ist sicher. Trotzdem. Dann legt er sich aufs Bett. Die Schuhe lässt er an weil er in ein paar Minuten noch etwas essen möchte. Nur ganz kurz die Augen zumachen. Der Gedanke an ein Bier mit einem Steak lässt ihn wieder das Wasser im Mund zusammenlaufen. Er sieht an die Decke. Dort hängt eine kleine Version des Kronenleuchters aus der Empfangshalle ohne Kerzen. Er blickt nochmal aufs Handy. Kein Empfang. Etwas anderes hätte ihn auch überrascht.

Die ältere Dame vom Gemälde steht jetzt vor ihm. Sie lächelt. Er kann spüren, dass sie sich freut. Sie öffnet eine Tür und deutet mit einer Kopfbewegung an ihr zu folgen. Er gehorcht. Ein großer Festsaal erstreckt sich vor ihm. Jede Menge runde Tische mit jeweils vier Stühlen daran stehen dicht an dicht in der ersten Hälfte des Raumes. Alle Stühle sind besetzt. Leute aus allen Altersgruppen in festlicher Kleidung. Zwei Kinder die soeben noch zwischen den Tischen gelaufen waren stehen nun still. Und alle starren ihn an. Er fühlt sich unwohl. Die zweite Hälfte des Saales ist frei und wahrscheinlich für das Tanzen vorgesehen. Jedenfalls ist feinster Parkettboden anstatt dem üblichen schweren Teppich auf dem Boden verlegt. Dahinter, etwas erhöht auf einer Art Bühne, steht eine komplette Band bestehend aus 6 Leuten. Gitarre, Bass, Schlagzeug, Gesang und zwei Bläser. Beeindruckend. Die ältere Dame schreitet nun zwischen den Tischen nach vorne und lässt ihn stehen. Sie geht auf die Bühne, wendet sich an die Leute im Saal und spricht mit lauter Stimme. Christoph versteht zwar jedes Wort, kann aber den Inhalt nicht verstehen. Die Sprache und der Dialekt sind ihm vollkommen fremd. Die Leute sehen abwechseln von ihr zu ihm und plötzlich hört er wie sie seinen Namen sagt und dann auf ihn zeigt. Christoph Wolmart. Alle sehen wieder in seine Richtung. Starren. Stille. Er will sich umdrehen. Will weglaufen. Aber er kann nicht. Er steht einfach nur da und starrt die Frau an. Ihr Gesicht scheint sich zu verformen. Aus dem Gesicht einer älteren Frau wird plötzlich eine junge, hübsche Frau. Die Frau in Rot. Maria. Sie lächelt. Einer der Gäste schlägt plötzlich mit dem Griff seiner Gabel auf den Tisch während ihn alle anstarren. Dann nochmal. Ein weiter Gast macht mit. Dann noch einer. Und schließlich schlagen alle im Takt mit ihren Gabeln auf den Tisch und Christoph sieht, dass sich außer leeren Tellern nichts auf den Tischen befindet. Die Kinder stampfen mit ihren Füssen auf den Boden. Es wird immer lauter. Die junge Frau von der Rezeption freut sich und schlägt lachend den Kopf in den Nacken während sie die Arme in die Höhe streckt. Christoph hält sich die Ohren zu. Das schlagen ist nicht mehr zu ertragen. „Aufhören", ruft er. Doch es wird immer lauter. Er taumelt einen Schritt zurück und hält sich mit beiden Händen die Ohren zu. Die Leute nehmen jetzt die Messer in die andere Hand und schlagen nun mit den Fäusten auf den Tisch. Wie Kinder die hungrig auf das Essen warten. Dabei starren ihn alle an. Der Rhythmus hämmert von innen gegen seine Stirn. Er dreht sich um und will weglaufen. Doch sein Rückweg ist versperrt. Vor ihm steht plötzlich lächelnd ein riesiger, dickbäuchiger Koch. Eine blutverschmierte, weiße Schürze bedeckt seinen gesamten Körper und oben drauf sitzt ein mit einem Schnurrbart versehender Kopf mit einer Kochmütze der ihn grimmig anstarrt. In seiner rechten Hand hält er ein riesiges Messer welches er mit einem Wetzstahl in der linken Hand schärft. Genau im Rhythmus der auf den Tisch schlagenden Menge. Das Lachen der Frau wird immer lauter. Christoph sieht sich panisch im Raum nach einer Fluchtmöglichkeit um und seine Blicke begegnen denen von Maria und der absolut böse und niederschmetternde Blick den sie ihm jetzt zuwirft ist Zuviel.

Schreiend wacht Christoph auf. Er befindet sich immer noch in dem Gästezimmer des Gasthauses. Sein Schädel dröhnt noch von den unglaublich lauten Hammerschlägen aus seinem Traum. Doch langsam, beinahe im Rhythmus der Schläge, nimmt die Intensität ab und verwandelt sich in ein leichtes, rhythmisches Klopfen.

„Herr Wolmart?" Die Stimme des Pförtners zwängt sich gedämpft durch die Tür. Christoph setzt sich auf. Was für ein Alptraum. Sein Herz schlägt immer noch bis zum Hals. Er ist schweißgebadet. Seine Augen haben sich mittlerweile an das dämmrige Kerzenlicht gewöhnt und er kann nun alles im Zimmer erkennen. „Ja?" sagt er. Es klingt wie ein krächzen. Zu leise. Er räuspert sich. „Ja bitte" wiederholt er diesmal lauter. „Das Essen ist für sie serviert Herr Wolmart." Das Bild des dicken Kochs zuckt durch seinen Kopf und er holt tief Luft. „Danke. Ich komm gleich." Er zählt stumm bis zehn und setzte sich dann auf. Die Kerzen brennen noch. Sie sind eigentlich gar nicht kleiner geworden. Wie lange hatte er geschlafen? Er fühlt sich ausgeruhter. Gut das ihn der Pförtner geweckt hat. Jetzt eine Kleinigkeit essen und dann ins Bett. Wenn er nachher schlafen geht, darf er nicht vergessen die Kerzen auszumachen. Und jetzt? Ist das nicht riskant? Überall im Haus die brennenden Kerzen und kaum Personal oder gar Feuerlöscher. Er steht auf und sieht wieder aus dem Fenster. Es ist immer noch wie vorher. Eine friedliche Waldkulisse bei Vollmond.

Er gibt sich einen Ruck und geht zur Tür. Steht der Pförtner noch davor? So sehr er sich auch anstrengt, er kann nichts hören. Weder auf dem Flur vor seiner Tür, noch ist sonst irgendein Geräusch zu hören. Er sieht auf sein Handy. Das Display zeigt ihm in den üblichen Retroziffern 0:19 Uhr. Der Akku ist zu 56% voll und ein Symbol für Emails deutet an, dass sich zwei ungelesene in seinem Posteingang befinden.

Er entriegelt das Handy und öffnet die App für Emails. Eine E-Mail welche ihn auf einen Stepper für nur 89 Euro aufmerksam macht. Die andere E-Mail ist von Alexander. Er öffnet diese und liest den Inhalt.

Seit es WhatsApp gibt, schreibt er ihm keine E-Mails mehr. Außer er schreibt direkt von seinem Laptop was extrem selten vorkommt. So wie jetzt. Das macht er eigentlich nur wenn er einen längeren, wichtigen Text verfassen will. Dann musste das hier wichtig sein. Er überfliegt kurz. Er hat ein paar Zeilen geschrieben und dann einen Link eingefügt. Auf den Link kann er nicht klicken da er jetzt wieder keinen Empfang hat. Es geht um das Hotel Fläming. Er muss zweimal lesen bevor der Inhalt in seinem Gehirn ankommt. Er ist in Gedanken immer noch in seinem Traum. Der dicke Koch geht ihm nicht aus dem Kopf. Wie er ihn angesehen hatte. Diese dunklen, bösen Augen.

Die besorgten Zeilen von Alexander fassen ein Forumsbeitrag einer Seite zusammen, die sich mit Spukhäusern beschäftig. Na toll Alex. Wichtigtuende Geisterjäger schreiben etwas über ein vermeintliches Geisterhotel und du fällst drauf rein. Typisch. Man könnte ebenso die Bildzeitung als Quelle nehmen. Wobei letzteres mehr Gewicht hätte als ein pubertierender Teenager, der irgendetwas über irgendeinen Ort schreibt auf dem es irgendwelche Geister gibt. Und es gibt keine Geister. Das weiß er. Ganz sicher.

Anscheinend gab es vor langer Zeit mal ein Gasthaus Fläming. Dieses war auf einem Berg mitten im Wald erbaut und äußerst beliebt. Sogar Kaiser und Könige waren dort zu Gast. Ein Ort des Rückzugs und Erholung hieß es. Dann noch ein paar Zeilen was hier irgendwann mal passiert ist und welche Geister nun hier spuken sollen. Christoph will das nicht lesen und schaltet sein Handy aus. Das Gebäude ist alt. Sehr alt vermutlich. Aber es ist intakt und warm. Es gibt Personal und auch andere Gäste sind heute hier. Keine Geister.

Er holt tief Luft und steht dann auf. Der Traum war nur ein Traum und ist plötzlich sehr weit weg. Weiter weg als vor ein paar Minuten. Die Konturen des Kochs vor seinem inneren Auge fangen an zu verblassen. Er legt seinen Rucksack auf das Bett und geht zur Tür. Ein letztes Mal dreht er sich um und betrachtet das Zimmer. Die Kerzen lasse ich brennen sagt er sich.

Er öffnet die Tür und tritt hinaus auf den Flur. Helles Kerzenlicht empfängt ihn und er muss kurz überlegen aus welcher Richtung er kam. Beide Enden des Flures sind stockfinster. Wobei eines etwas dunkler ist als das andere. Und sein Zimmer ist rechts, daran erinnert er sich jetzt. Christoph schließt die Tür hinter sich, dreht den Schlüssel um und steckt ihn in die Tasche. Er geht nach links und langsam wird das schwarze Loch vor ihm etwas heller. Der dicke Teppich verschluckt jeden seiner Schritte und es ist unglaublich still. Keine Spur vom Pförtner. Zum Hunger hat sich plötzlich auch fast schon unerträglicher Durst gesellt. Er muss jetzt dringend das Musikzimmer finden.

Er nähert sich der Treppe. Das leise Ticktack der großen Standuhr von der Rezeption dringt nun an sein Ohr und er bleibt stehen und lauscht. Nichts. Nur der monotone Pulsschlag der Uhr. Er geht langsam die Treppe hinunter in den ersten Stock und steht auf der Galerie. Während er sich auf das Geländer stützt sieht er nach unten. Gerhardt an der Rezeption scheint ihn nicht zu bemerken. Er steht hinter dem großen Tisch und schreibt etwas in ein kleines Buch. Von Maria keine Spur.

Eine Tür auf der anderen Seite der Galerie im ersten Stock geht plötzlich auf und ein Mann im Smoking betritt den Flur. Er trägt einen leichten Kinnbart, hat graue Haare und Christoph schätzt ihn auf Anfang 50. Mit ihm kommt ein Schwall leiser Stimmen hinaus aus dem Zimmer und erfüllt die Atmosphäre mit Leben. In seiner Hand hält der Mann ein großes Weinglas. Als der Mann ihn bemerkt hält er inne, prostet ihm mit erhobenen Glas zu und grinst. Christoph nickt zurück und versucht zu lächeln. Der Mann wendet sich ab und geht zur Treppe die nach unten führt. Ein Duft von gebratenem Fleisch mischt sich plötzlich in die abgestandene Luft des Hotels. *Flaaaiisch*, denkt Christoph.

Unten betritt der Mann die Empfangshalle und geht zu der Sitzecke, setzt sich und nimmt das Buch vom Tisch um darin zu blättern. Christoph dreht sich nun zu den Türen hinter ihm um und liest die Zimmernummern. 134. Er geht weiter. 135. Die Nummer 121 muss auf der anderen Seite sein. Wahrscheinlich das Zimmer aus dem der Mann soeben herausgekommen war. Er geht einmal um die Galerie herum und steht nun genau vor der Tür. 121. Das Musikzimmer. Er lauscht kurz aber bis auf das Tick-Tack der Standuhr von unten ist es wieder still. Der Mann in der Sitzecke sitzt direkt unter ihm, weswegen er ihn nicht sehen kann. Lediglich Gerhardt am Rezeptionstisch ist in sein Büchlein vertieft.

Christophs Hand ist schon am Türgriff als er unter sich das laute Bing einer Glocke hört. Er erschrickt und dreht sich wieder zum Geländer. Es ist dieselbe Glocke die seinen Empfang begleitet hatte. Sollte etwa ein neuer Gast angekommen sein? Plötzlich hört er unten eine Frauenstimme die auf jemand einzureden scheint. Er geht zum Geländer und sieht, dass eine Frau in die Eingangshalle kommt. Sie ist nicht älter als 40, trägt eine Jeans, T Shirt und Turnschuhe. Sie ist verschwitzt und erschöpft. Ihr schulterlanges, braunes Haar klebt an der Stirn, die Schuhe sind total verdreckt und auch sonst macht sie einen mitgenommenen Eindruck. Über ihre rechte Schulter trägt sie eine große Version einer Damenhandtasche im Flecktarn Look. Ihre Hände sind schwarz verschmiert.

„Habtn ihr kein Telefon hier wa? Die Glocke is schon ganz cool, aber watt solln ditt? Bischen spooky alles hier." Mit den Worten geht sie direkt zur Rezeption. Maria taucht hinter ihr auf. Sie muss die Glocke geläutet haben. Sie hat Mühe dem neuen Gast zu folgen und hastet an ihr vorbei hinter den Rezeptionstisch. „Ick brauch nur n Telefon, wa. Und vielleicht n kaltes Bier." Sie legt ihre schwere Tasche mit einem lauten Rumms auf den Tisch und Christoph kann sehen wie Gerhardt leicht zusammenzuckt. Maria bemerkt Christoph, lächelt kurz nach oben und widmet sich dann wieder dem großen Buch. Dem Gästebuch vermutlich. Christoph muss sich etwas weiter nach vorne lehnen um weiter in den Flur, der Richtung Ausgang führt, zu sehen. Die Glocke hängt an seinem Platz und Christoph kann sehen wie sich die Kette noch leicht bewegt. Ansonsten ist der Gang leer.

Die Frau sieht nun auch zu ihm rauf. Sie hatte ihn auch bemerkt. Ihr besorgtes Gesicht entspannt sich etwas. „Dachte schon ick bin aleene hier", sagt sie und zwinkert Christoph zu. Er lächelt zurück. Sie scheint jetzt auch den Mann zu bemerken der in der Sitzecke sitzt. „Was glotztn so", ist alles was sie für ihn über hat. Sie sieht sich jetzt in der gesamten Empfangshalle um und wendet sich wieder Gerhardt zu. Moment mal. Christoph stutzt. Hat sie das Gemälde der alten Frau nicht bemerkt? Sie muss die alte Frau doch gesehen haben. Und den bohrenden Blick. Christoph geht in die Hocke und versucht das Gemälde zu erkennen. Ein Schreck fährt durch seine Glieder. Das Gemälde ist noch da. Der Hintergrund, ein dunkles Zimmer mit einer Kerze in der Ecke, ebenfalls. Aber die alte Frau ist nicht mehr da. „Wow", entfährt es ihm und er merkt plötzlich, dass er auf dem Boden sitzt. Unten sehen nun alle zu ihm hoch. Er muss lauter gewesen sein als er wollte. Er lächelt hilflos und schaut wieder zum Gemälde. Das ist unmöglich. Es ist riesengroß. Die können doch nicht eben das Gemälde tauschen. Was zum Teufel ist hier los? Und plötzlich versteht er. Jemand hat das Licht in seinem Gehirn angeschaltet. Ja klar. Ein digitaler Bilderrahmen. Nur wesentlich größer als die die er bisher kannte. Dieser hier ist sehr hochauflösend und muss somit ein Vermögen gekostet haben. Wahrscheinlich ist bei dem nächsten Updates des Bildes die alte Frau wieder zu sehen und wahrscheinlich ändert sich alle paar Minuten ihr Gesichtsausdruck. Sehr gut. Er atmet beruhigt aus. Er ist beeindruckt. Was für ein Hotel.

Er kann jetzt hören, dass Gerhardt der Frau etwas erklärt, doch sie will davon nichts wissen. Sie ist einzig allein an einem Telefon interessiert. Christoph hört noch wie sie nichts unterschreiben will. Sie wolle auch nicht zur Nacht bleiben oder irgendwie Mitglied in einem

Gothic Puff werden wo man Glocken läute und niemand anrufen könne wenn man will. Gerhardt versucht sie zu überzeugen. Maria sieht sie besorgt an. Doch Christoph hat nun genug.

5. Kapitel

Er dreht sich um und öffnet die Tür zum Musikzimmer. Der Raum ist fast so groß wie die Eingangshalle aber nicht ganz so hoch und zieht sich länglich nach hinten hinaus. Der Begriff Musikzimmer kommt wahrscheinlich daher, dass ein alter Flügel in der hinteren linken Ecke steht an dem niemand spielt. Sonst hat der Raum nichts mit Musik zu tun. Es sind nicht einmal Lautsprecher zu sehen. Somit sind die Gespräche der Gäste das einzige was den Raum füllt. Gäste. Zumindest ein paar haben sich hierher verirrt. Einige viereckige Tische mit Stühlen stehen willkürlich im Raum verteilt und es sieht gemütlich aus. Fast wie in einem Saloon bei einem Western. Die Wände sind, wie auch in der Empfangshalle, mit schweren, bordeauxroten Wandteppichen ausgelegt. Vier schwere Kronenleuchter mit echten Kerzen hängen von der Decke und geben dem Raum ein warmen, hellen Glanz.

Christoph findet langsam Gefallen an diesem Ort. Vielleicht schaut er sich doch noch die Live Band an von der Gerhardt gesprochen hatte. Er fühlt sich gar nicht mehr so müde wie erst. Er sieht sich in dem Musikzimmer um. Nur zwei Tische sind besetzt. An dem einen, ganz links an der Wand, sitzt ein älterer Mann mit einer viel jüngeren Frau. Beide sind dabei eine Flasche Wein zu leeren. Sie sehen verstohlen zu ihm herüber. Freundlich. An dem anderen Tisch, ganz hinten links in der Ecke, sitzen sich vier Männer im Smoking gegenüber, trinken Whisky und einer raucht eine Pfeife während die anderen eine Zigarre in der Hand halten. Rauchschwaden verteilen sich von dem Tisch in den Raum. Ein Männerabend denkt Christoph. Fehlen nur noch die Pokerkarten.

Er betritt den Raum und die Tür hinter ihm fällt mit einem lauten Schlag zu. Die eben noch geführten Gespräche beenden abrupt. Alle sehen nun deutlich zu ihm herüber. Einer der Männer an dem Pokertisch ohne Pokerkarten flüstert den anderen etwas zu. Dann prostet er Christoph mit seinem Whiskyglas zu und leert es mit einem Zug. Die anderen drei machen es ihm nach. Was für ein Empfang, denkt Christoph. Er hebt eine Hand und winkt ihnen unbeholfen zu und nickt dabei.

„Herr Wolmart?" Christoph erschrickt und dreht sich zur Stimme. Vor ihm steht ganz unscheinbar ein Kellner, ganz in weiß gekleidet. Auf dem Kopf trägt er eine rote Mütze. Einen Fez genauer gesagt. Insgesamt ist er selbst mit Hut einen Kopf kleiner als Christoph, trägt einen gepflegten Oberlippenbart und unter dem Hut sieht Christoph die streng nach hinten gegelten Haare. Orientalisch, bemerkt Christoph. Der Hautfarbe nach zu urteilen eher südländisch. Ist das hier ein Restaurant das von einem anderen Anbieter geführt wird? Dieser Stil passt nicht ganz zum Rest des Hotels, wertet es aber ungemein auf.

Der Kellner ist nicht viel älter als Christoph. Er steht vor ihm und hat beide Hände hinter seinem Rücken verschränk. „Ja?" antwortet Christoph. „Herzlich Willkommen. Ich bin heute ihr Diener. Ihr Tisch ist hier vorne für sie reserviert." Mit diesen akzentfreien Worten deutet der Kellner auf den Tisch rechts in der Ecke an dem nur einen Stuhl steht. Der Kellner verbeugt sich leicht und Christoph geht zu dem ihm zugewiesenen Platz und setzt sich. Auf jedem der Tische brennt eine Kerze. Das Tischtuch ist aus dunkelrotem Samt. Sehr sauber. Und es ist ähnlich dunkel gehalten wie der Wandteppich. Christoph sieht wieder zu den anderen Tischen. Die anderen Gäste sind wieder in ihre Gespräche vertieft und scheinen ihm keine Beachtung mehr zu schenken. Trotz der Gespräche der anderen Gäste ist es recht still und sehr gedämpft.

Die Schritte des Kellners werden, wie alle anderen im gesamten Hotel auch, von einem schweren Teppich verschluckt. Christoph sieht wie der Kellner in einer versteckten Tür in der Wand verschwindet. Sein Blick wandert durch den Raum. Am Ende des Raumes sind schwere, dunkle Vorhänge und Christoph vermutet, dass sich dahinter große Fenster befinden. Bei Tageslicht ist das hier bestimmt sehr einladend. Jetzt, da diese Vorhänge zugezogen sind, ist es eher etwas dunkel und bedrückend.

Der Kellner erscheint wieder und stellt vor Christoph ein großes Glas auf den Tisch und dazu eine 0,33Liter Flasche Hasseröder. Christoph schaut mit großen Augen auf die Bierflasche. Mit offenem Mund betrachtet er jedes Detail auf dem Etikett. Die Bierflasche mit dem modernen Etikett passt absolut nicht zu dieser Einrichtung. Eher ein Wein aus dem letzten Jahrhundert oder ein selbstgebrannter Schnaps wie aus seinem Zimmer. Die Kondenstropfen perlen an der Flasche herunter und Christoph läuft das Wasser im Mund zusammen. Er hat Durst. Großen Durst. Zum ersten Mal hat er das Gefühl das bekommen zu haben wonach er gesucht hatte. Er lehnt er sich zurück und holt tief Luft. Er grinst. Alles perfekt. „Danke", sagt er. „Könnten Sie mir das gleiche nochmal bringen? Und dazu noch eine Flasche Wasser?" Er sieht den Kellner an. „Bitte?" fügte er leiser hinzu. Der Kellner scheint erst nicht verstanden zu haben, verneigt sich dann aber leicht und verschwindet durch die durch Teppiche verdeckte Tür in der Wand. Mit nahezu verdursteten und ausgetrockneten Fingern nimmt er die bereits geöffnete Flasche Bier und trinkt einen großen Schluck. Er spürt wie jeder Tropfen des kühlen Getränks seinen Mund ausfüllt und dann den Hals hinunterläuft um sich im Magen ausbreitet. Er trinkt noch einen großen Schluck der jetzt direkt in seinen Magen läuft und schließt die Augen. Das tut gut. Den Rest gießt er sich in das Glas und leert es einen Augenblick später. „Ihr Bier und ihr Wasser mein Herr", sagt der Kellner der wieder wie aus dem Nichts aufgetaucht ist. Christoph zuckt kurz zusammen. Allmählich wird ihm klar warum vornehme Schuhe eine harte Sohle haben. Man kann sich nicht anschleichen und niemanden erschrecken. Das wäre bei dem Personal hier angebracht. Vielleicht ist er auch überreizt. Er braucht anscheinend doch mehr Schlaf. Mit einem Nicken bedankt er sich. Ein anderer Kellner, Christoph nennt ihn Kellner Nummer zwei, betritt den Raum durch eine versteckte Tür auf der anderen Seite und geht zu den vier Männern am Tisch. Er beugt sich verschwörerisch zu ihnen herunter. Mit großen Augen und eifrigem Nicken erzählt er ihnen etwas und es wird mit einem großen Hallo quittiert. Christoph kann nicht hören was es ist, aber da jeder der Männer nun etwas zu bestellen scheint, ist es wohl etwas zu essen oder trinken. Er kann hören wie sich die Männer freuen. Einer klopft dem Kellner begeistert auf die Schulter. Gibt es Freibier? Oder ist eine Wagenladung frischer Steaks angekommen? Während sich die Männer einig sind etwas Besonderes zu bekommen, verschwindet ihr Kellner wieder.

Sein Kellner steht plötzlich mit einem Tablett neben ihm. „Man sagte mir, dass Sie ein Stück Filet mit einer Kartoffel bestellt haben." Er beugt sich zu Christoph herunter und versucht seinen Gesichtsausdruck zu lesen. Seine tiefbraunen Augen versuchen eine Reaktion in Christoph zu erkennen. „Da Sie der Neue sind, weiß ich noch nicht genau wie sie es haben möchten. Ich hoffe das hier ist zu ihrer Zufriedenheit." Mit diesen Worten stellt der Pförtner das Tablett auf den Tisch. Er hebt den großen silbernen Deckel nach oben und ein großes, lecker aussehendes Steak mit einer großen Kartoffel auf einem Teller liegt vor ihm. Es duftet herrlich. „Dazu einen kleinen Salat." Der Pförtner stellt einen weiteren Teller auf den Tisch der nur aus grünem Salat und roten Tomaten besteht. Christoph läuft das Wasser im Mund zusammen. „Das ist perfekt", sagt er. „Danke!" Das hatte er nicht erwartet. Er starrt auf den Teller. Das Steak ist relativ groß. Größer als er es in einem Steakhaus bekommen würde. Die Kartoffel ist ebenfalls sehr groß. Dampfend liegt sie vor ihm und wartet nur darauf dass er sie mit seinem Messer erlegt. Salz, Pfeffer, Soße, Tsatsiki oder sonst etwas sucht er allerdings vergeblich. Aber das ist jetzt auch nicht wichtig. Er hat Hunger.

Begeistert fängt er an zu essen und weiß gar nicht, wie lange es her ist, dass er so gutes Fleisch gegessen hatte. *Flaaaisch*. Er muss kurz grinsen. Das Messer gleitet durch das Steak wie ein warmes Eisen durch Butter.

Eine rötliche Flüssigkeit tritt aus dem Fleisch. Nicht ganz durch. Perfekt. Er probiert. Kaut. Oh Mann. Es schmeckt köstlich. Etwas ungewöhnlich und nicht ganz wie er ein köstliches Steak vom Rind gewohnt ist, aber absolut perfekt. Der Kellner sieht ihn immer noch an und deutet den Gesichtsausdruck richtig. Christoph grinst ihn kauend an. Sein Kellner Nummer eins freut sich über die Reaktion und verschwindet mit dem Tablett in der Wand. Christoph schneidet das nächste Stück ab während er dabei verstohlen die anderen Gäste beobachtet. Einer der Männer im Smoking scheint einen Witz erzählt zu haben. Alle an seinem Tisch lachen herzhaft. Dann kommt Kellner Nummer zwei zu ihnen und zeigt jedem der Männer eine Speisekarte. Christoph kann sehen wie sie abwehrend die Hände in die Höhe nehmen und den Kopf schütteln. Dann scheint einer etwas zu bestellen und die anderen nicken eifrig. Anscheinend kennen sie die Karte auswendig. Der Kellner nickt und dreht sich um und bemerkt dass Christoph ihn beobachtet. Das deutet er anscheinend als Aufforderung zu einer Bestellung. Er kommt zu Christoph. „Ist bei Ihnen alles in Ordnung?" Christoph nickt. Kaut. „Perfekt", sagt er mit vollem Mund und greift zum Bierglas. Der Kellner quittiert das mit einem Nicken. Der Mann am Tisch des Pärchens ruft etwas in einer Sprache die Christoph nicht versteht und Kellner Nummer zwei legt hastig die vier Speisekarten auf Christophs Tisch. Er beeilt sich, läuft fast zu dem Tisch mit dem Pärchen. Der Mann bestellt etwas und die Frau nickt. Kellner Nummer zwei verschwindet durch seine Tür.

Zufrieden leert Christoph das Bierglas, schenkt sich den Rest nach und lehnt sich zurück. Das ist echt gut. Sein Kellner erscheint wieder und fragt ob er ihm noch etwas bringen darf. „Nein. Danke." Christoph kaut das letzte Stück vom Steak und sieht wieder zum dem Tisch mit dem Pärchen. Der Kellner Nummer zwei ist wieder da und zeigt denen eine Flasche Wein. Christoph greift jetzt zur Wasserflasche als ihm die vier Speisekarten auffallen. Sie liegen immer noch auf seinem Tisch. Der

Kellner hatte sie dort abgelegt und vergessen. Jetzt ist Christoph neugierig. Er schaut kurz ob einer der Kellner in der Nähe ist und greift sich die oberste Karte. Unauffällig legt er sie auf seinen Schoß während er die letzten Reste vom Salat aus dem Teller kratzt. Auf der ersten Seite ist das Schloss abgebildet. *Gasthaus Fläming – Menü* steht in alten Buchstaben unter dem Haus. Auf Deutsch. Welche Sprache wohl das Pärchen spricht? Er schlägt die Karte auf und sieht ein Bild einer Weinflasche mit verschiedenen, kleinen Zahlen darunter. Jahrgänge. Aber keine Preise. Bestimmt zwanzig Sorten oder mehr. Die Rebsorte steht da nicht. Christoph blättert um und auf der nächsten Seite ist oben in der Mitte ein Passbild eines jungen Mannes abgebildet. Er schaut ernst in die Kamera. Vermutlich ist es ein Foto vom Personalausweis. Christoph runzelt die Stirn. Es *ist* ein Foto vom Personalweis. Ausgeschnitten. Die Größe und Art wie das Bild mit einem Wasserzeichen unterlegt ist erinnert ihn sehr stark an einen Personalausweis. Darunter befindet eine grobe Skizze von einem gesichtslosen Menschen der breitbeinig und mit den Armen ausgestreckt auf dem Rücken liegt. Wie eine skizierte Version des Gemäldes von Leonardo da Vinci. An diversen Körperteilen wie dem Oberschenkel, Unterschenkel sowie Bauch und Brust sind horizontale Linien abgedruckt die zu einer Beschriftung führen. Der Oberschenkel hat die Nummer 8 und an der Linie zur Brust ist eine 12 abgedruckt. Die Worte dahinter kann er nicht lesen. Das ist auf keinen Fall deutsch. Selbst die Schriftart hat er noch nie gesehen. Eine künstlerische Form von Runen, stellt er fest. Aber zu geschwungen. Irgendwie Keltisch. Mit einem roten Stift sind nachträglich die Nummer 2 für das Gesicht, die Nummer 14 für den Unterschenkel und die Nummer 10 und 11 für die Schultern durchgestrichen worden. Schweiß tritt auf seine Stirn. Ist es das wonach es aussieht? Er blättert um und auf der nächsten Seite sieht er ein Passbild einer hübschen, blonden Frau mit derselben Skizze darunter.

Die Zahlen variieren etwas und sind fast alle durchgestrichen. Lediglich die Nummer 8, die auf den Bauch weist, ist noch frei.

„Ihr Essen geht selbstverständlich aufs Haus." Kellner Nummer eins steht wieder an seinem Tisch. „Machen Sie sich darüber keine Sorgen." Er deutet mit dem Kopf auf die aufgeschlagene Karte auf Christophs Schoß. „Möchten sie noch etwas bestellen?" Christoph sieht den Kellner mit großen Augen an und ihm steht der Mund offen. Er schüttelt den Kopf. „Hat es geschmeckt?" Das Kopfschütteln geht in ein Nicken über. Der Kellner nimmt mit einem Lächeln die Teller und die leere Flasche und verschwindet in der Wand. Christoph starrt wieder auf die Karte und blättert um. Ihm ist schlecht. Auf der nächsten Seite ist eine Kopie eines Fotos einer jungen Frau abgebildet. Dieses scheint nachträglich aufgeklebt worden zu sein. Überhaupt nicht abgegriffen. Fast druckfrisch. Er muss blinzeln. Es ist die Frau die er soeben in der Eingangshalle gesehen hatte. Unter der Frau ist kein Körperteil durchgestrichen. Er kann sich ein Steak aus ihrem Oberschenkel bestellen. Oder aus ihrem Oberarm. Sein Herz scheint kurz auszusetzen. Er sieht hoch und lässt dabei die Karte unbewusst auf den Boden fallen. Das Kerzenlicht auf seinem Tisch ist plötzlich sehr grell. Zu grell. Es blendet ihn und er muss ein paarmal mit den Augen zwinkern. Mit einem Keuchen steht er auf und stützt sich auf den Tisch. *Nein, jetzt nicht auffallen* ruft er sich ins Gedächtnis. Ich muss hier unauffällig raus. Die anderen an den Tischen sehen zu ihm herüber. Er versucht zu lächeln, doch mehr als ein groteskes Grinsen bringt er nicht zustande. Seine Hände zittern und er bekommt kaum Luft. Unkontrolliertes Würgen meldet sich aus seinem Magen doch Christoph schluckt es herunter.

Kellner Nummer zwei erscheint und geht mit zwei Tabletts an den Tisch der rauchenden Männer. Auf den Tabletts liegen große Stücke Fleisch köstlich hergerichtet. Garniert mit Petersilie und sonstigen grünen Kräutern. Er wird an dem Tisch mit einem großen Hallo empfangen. Duft von gebratenem Fleisch breitet sich aus. Christoph kämpft gegen aufkommende Übelkeit. Sein Magen zieht sich ruckartig zusammen.

Kellner Nummer eins steht plötzlich wieder vor Christoph. Er sieht ihn besorgt an. „Stimmt etwas nicht?" erkundigt er sich vorsichtig. Christoph reißt sich zusammen. Er muss. Er drückt den Rücken durch und stellt sich grade hin. „Was", fängt er an und merkt dass seine Stimme zittert. Er muss ganz normal klingen. „Was habe ich da grade gegessen?" kommt krächzend aus Christophs Mund. Er bekommt immer noch schwer Luft. Ruhig atmen. Nun sehen wieder alle zu ihm herüber. Er war wohl lauter als gewollt. „Was war das?" fragt er wieder und deutet mit dem Zeigefinger auf die Stelle an dem eben noch sein Teller gestanden hatte. Sein Zeigefinger zittert wie die Nadel eines Seismographen bei einem schweren Erdbeben. Diesmal ist seine Stimme lauter. Er schreit die Frage förmlich. „Ein Steak Herr Wolmart", sagt der Kellner. „Mit einer Kartoffel und einem Salat." Der Kellner ist ruhig. Er scheint die Frage nicht ganz zu verstehen. Der Tonfall scheint ihn ebenfalls zu verunsichern. Christoph hält sich immer noch am Tisch fest. Seine Knie sind nur noch aus Gummi. „Welche Nummer war das? Welche Nummer hatte mein Steak?" Seine Stimme klingt schon fast hysterisch. Feine Spuckefäden fliegen aus seinem Mund. Er ist kurz davor die Kontrolle zu verlieren. *Jetzt nicht. Langsam atmen. Konzentriere dich.* „Natürlich Nummer eins Herr Wollmart", sagt der Kellner. Er legt ein breites Grinsen auf. „Ich habe es selbst für sie ausgesucht. Und der Koch ist berühmt für seine Steaks." Der dicke Koch mit der blutverschmierten Schürze. Christoph übergibt sich mit einem Schwall auf den Teppich. Unverdaute Fleischstücke, Salatblätter und Kartoffelbrei schwimmen in einer Lache aus Bier direkt vor seinen Füssen. Bei diesem Anblick würgt er erneut und befördert nochmal eine ebenso große Menge auf den Teppich. „Aber Herr Wolmart", hört Christoph den Kellner sagen. Doch die Stimme ist sehr weit weg. Der Kellner Nummer eins klingt jetzt nicht mehr freundlich. Eher verärgert.

Die anderen Gäste im Raum sehen zu ihm herüber. Kellner Nummer zwei steht nun ebenfalls bei ihm. Niemand sagt etwas. „Was ist das für eine Scheiße." Christoph schreit das Wort *Scheiße* lauter als gewollt und geht rückwärts zur Tür. Er greift sich mit beiden Händen an den Kopf und dreht sich zur Tür. *Nur raus hier.*

Lautes Lachen ertönt plötzlich hinter ihm als er die Tür aufstößt und in den Flur hinaus stolpert. Er erreicht das Geländer und sieht hinunter in die Halle. In seinem Magen rumort es. Hinter ihm schlägt die Tür zu und das Lachen reißt abrupt ab. Er muss sich erneut übergeben. Eine kleine Menge Erbrochenes landet vor seinen Füßen auf dem Teppich. Er atmet schwer. Panisch sieht er sich um, dann schaut er nach unten ob dort jemand an der Rezeption sitzt. Die Rezeption ist nicht besetzt. *Weg hier!* Er läuft zur Treppe, nimmt zwei Stufen auf einmal und steht nun unten in der Empfangshalle. „Kann ich Ihnen helfen Herr Wolmart?" der Pförtner Gerhardt steht plötzlich vor ihm und lächelt ihn an. Diesmal ist es allerdings kein freundliches Lächeln. Dieses Mal ist es böse. Ein Haifisch hätte es nicht besser machen können. Christoph stöhnt auf und hastet Richtung Ausgang. „Herr Wolmart?" Christoph läuft den Flur entlang. Vorbei an dem leeren Gemälde der alten Dame und der Kette für die Glocke. Die Kerzen flackern.

Christoph erreicht die schwere Tür und drückt die große Klinke herunter. Nichts. Abgeschlossen. Sie bewegt sich keinen Millimeter. Er dreht sich um. Gerhardt kommt langsam näher. „Es tut mir Leid mein Herr. Sie können nicht gehen." „Was?" ächzt er zurück. Christoph kann jetzt nicht mehr denken. Er läuft den Flur wieder zurück in Richtung Empfangshalle. An Gerhardt vorbei. Der wiederum macht keinerlei Anstalten ihn aufzuhalten. Christoph öffnet die große Tür auf der rechten Seite neben dem leeren Gemälde in der Empfangshalle. Vielleicht ist hier ein weiterer Ausgang. Doch dahinter ist ein großer, unbeleuchteter Raum. Ein Schwall unerträglichen Gestanks von Rauch und Verwesung schlägt ihm entgegen. Sein Magen meldet sich wieder.

Ein riesiger Saal liegt vor ihm. Der Saal aus meinem Traum, denkt er. Es ist exakt wie der aus seinem Traum. Nur das diesmal weder Möbel noch Menschen hier sind. Mondlicht fällt durch die großen Fenster und leuchtet ihn schwach aus. Man kann den Mond fast auf dem leeren Parkettboden als Spiegelbild erkennen. „Suchen Sie etwas?" Christophs Blick zuckt zu Gerhardt. Gerhardt versucht jetzt Freundlichkeit durch das grinsende Gesicht zu drücken. Christoph dreht sich um und lässt die Tür los. Er steht wieder in der Empfangshalle. Die Tür fällt krachend ins Schloss. Ihm ist übel. Wohin jetzt. Er dreht sich um, geht einen Schritt vor und läuft um ein Haar in die Arme von Maria.

Er schreit auf, weicht ein paar Schritte zurück. Sein Herz rast. Maria und Gerhardt stehen jetzt beide vor ihm. Lächeln. Freundlich. „Können wir Ihnen helfen Herr Wolmart?" „Christoph", fügt Maria hinzu. Sie tritt jetzt einen Schritt nach vorne und schaut ihn eher besorgt als freundlich an. Christoph drückt sich mit dem Rücken an die Wand. Sein Blick zuckt von einem zum anderen. Wie ein Kaninchen welches ergeben vor zwei hungrigen Wölfen steht. Doch Maria ist kein Wolf. Sie ist umwerfend. Sie schenkt ihm ihr bestes Lächeln. Ich muss hier raus. Nur weg. „Christoph, wir", fängt sie an doch Christoph schneidet ihr das Wort ab. „Die Frau die hier vorhin eingecheckt hat. Wo ist sie? Was habt ihr mit ihr gemacht?" Er blickt wieder von einem zum anderen während er sich mit dem Rücken gegen die Wand drückt. Sein Herz rast. Maria und Gerhardt wechseln kurze, irritierte Blicke und schauen dann wieder in Christophs Richtung. „Wer?" Gerhardt runzelt die Stirn und legt den Kopf etwas schräg. Seine Stimme trieft vor gespielter Unwissenheit. „Diese", fährt Christoph fort doch plötzlich sieht er ein, dass er so nicht weiterkommt. Es macht keinen Sinn. „Bitte", flüstert er jetzt. „Ich will gehen. Bitte machen Sie die Tür auf", sagt Christoph dann. Ohne ein OK der beiden vor ihm würde er hier nirgendwo hingehen. Er hat den Blick gesenkt. Sein Rücken wird von der Wand hinter ihm gestützt. Eine dicke Wand. Wäre sie dünner würde sich Christoph rückwärts durch die

Wand in den Nebenraum drücken. „Heute Abend haben nur Sie eingecheckt", sagt Gerhardt. Er wirkt verwirrt.

Plötzlich fliegt die Tür neben ihm auf. Ein Schwall von Geräuschen einer großen Menschenansammlung strömt hinaus in den Flur. Christoph dreht seinen Kopf und starrt mit großen Augen in den Saal. Der Saal den er zuerst für einen weiteren Ausgang gehalten hatte. Der Saal in den er eben fast hineingelaufen war. Der Saal der soeben noch leer war. Ein ihm unbekannter Kellner mit einem roten Fez tritt in sein Blickfeld und sieht ihn an. Lächelt. Viele Stimmen, Klirren von Sektgläsern und Gelächter dringen an sein Ohr. Duft von Parfüm und Kerzen kommen an seine Nase. Christoph steht der Mund offen. Der Saal ist doch leer, wiederholt er in Gedanken. Der Saal ist doch dunkel. „Was", kommt aus seinem Mund und er geht einen Schritt zurück. Der Saal hatte gestunken. Der Saal ist jetzt voll mit Menschen. Menschen die reden, lachen und sich amüsieren. Alt und Jung. Mann und Frau. Leises Klavierspiel untermalt die Partystimmung.

„Ich freu mich richtig", sagt Maria und lacht. „Gleich ist es soweit." Christoph dreht sich zu ihr und sie zwinkert ihm zu. Ein kleiner und weißer Schoßhund kommt plötzlich bellend aus dem Saal in den Flur. Ihm folgen lachend zwei Kinder. Ein Junge und ein Mädchen. Sie tragen Kleidung die auf jedem Mittelaltermarkt einen Preis für Authentizität gewinnen würden. Der Hund läuft ihm um die Füße, bellt, und verschwindet wieder im Saal. Mit ihm die Kinder.

Christoph sieht ihnen hinterher. Er begreift das nicht. Was ist das hier? Er muss hier raus. Gruselschloss hin oder her. Hatte er wirklich einen Menschen gegessen? Was ist mit dieser Frau passiert? Oder ist alles eine Täuschung? Menschenfleisch soll wie Hühnchen schmecken sagt man. Das hier hat aber nach einem guten Rinderfilet geschmeckt. Zumindest sehr ähnlich. Sein Magen rebelliert wieder. *Ruhig...*

Vielleicht ist das alles auch nur ein Witz? Vielleicht ist das ganze Konzept des Hotels ein riesen PR Gag? Drehen die hier mit versteckter

Kamera? Christoph hat von einem YouTube Kanal gehört, bei dem der Betreiber Leute dabei filmt die bei einer großangelegten Täuschung hinters Licht geführt werden. Da werden Fahrstühle oder ganze Parks manipuliert um Leute zu erschrecken. Das hier ist bestimmt genauso. Die testen wie weit sie mit ihm gehen können. Er soll die Nerven verlieren und schreiend das Haus verlassen. Vor ein paar Minuten hätte er dieses auch fast getan. Vor seinem geistigen Auge sah er schon den YouTube Clip mit dem Hinweis, dass es gleich soweit sei. Hunderte oder gar tausende warten auf den Moment in dem Christoph schreiend hinausläuft um dieses dann zu feiern. Jetzt erwidert er das Lächeln. Er hatte sie durchschaut. So leicht wird er es ihnen aber nicht machen. Er nickt. Nicht schlecht gemacht das Ganze hier. Gute Effekte. Der digitale Bilderrahmen im Flur spricht auch dafür. Geiler Effekt eigentlich, denkt er. Dann die Tatsache, dass hier alle lautlos gehen. Dazu kein Strom für Lampen oder Ladegeräte. Überall Kerzenschein. Die bildhübsche Empfangsdame. Die versehentlich liegengelassenen Speisekarten. Die gestrandete Frau die er gegessen haben soll. Er lacht. Nicht schlecht. Trotzdem. Er hat genug. Sehen wir uns den Saal mal an, denkt er. Ich spiele mit und dann tue ich alles um hier rauszukommen. Und wenn ich aus meinem Fenster klettern muss. Die können es sich bestimmt nicht leisten, dass er aus dem Fenster klettert und sich das Genick bricht. Vor seinem Zimmer waren keine Gitterstäbe. Zur Not würde er versuchen da hinaus zu kommen. Schlechte Presse kann kein YouTube Kanal gebrauchen.

Er sieht wieder zu Maria und blickt in ihre schönen, blauen Augen. Sie hat sein Lachen bemerkt und scheint sichtlich erleichtert. „Ich freue mich ebenso", sagt er. Im Saal muss jemand etwas aufgeführt haben. Rasender Applaus rollt auf den Flur und die Menschen rufen und pfeifen durcheinander.

„Super", sagt sie. „Ich begleite dich Christoph." Sie tritt auf ihn zu. „Heute ist dein großer Tag." Sie nimmt ihn begeistert in den Arm und er wehrt sich nicht. Er kann ihr Parfüm riechen. „Dein erster Tag von vielen." Ihre pechschwarzen Haare kitzeln sein Ohr. Dass ihr Körper keine Wärme sondern Kälte ausstrahlt beeindruckt ihn. Wie bekommt man denn sowas hin? Er drückt sie auch und hat das Gefühl, im Winter aus einem beheizten Raum in die Kälte nach draußen getreten zu sein. Die Stellen seines Körpers die den Körper von Maria berühren fühlen sich eiskalt an. Vielmehr, als ob ihr Körper ihm seine Wärme entzieht. Sie scheint die Umarmung zu genießen und hält ihn diese berühmte Sekunde länger fest, die einem Mann normalerweise sagt, dass hier mehr als Freundschaft im Spiel ist.

Christophs Blick zuckt von einer dunklen Ecke zur anderen. Irgendwo sind die Kameras versteckt. Bestimmt hat er bereits unwissentlich in eine geblickt. Er zwinkerte in eine dunkle Ecke und hofft, dass dort eine Kamera versteckt ist. Maria löst die Umarmung und beide betreten den Saal. Ihr Mund ist nun ganz dicht an seinem Ohr. „Und für dich als neues Mitglied gibt es natürlich eine Überraschung", flüstert die große Frau und zwinkert ihm zu.

6. Kapitel

Er fühlt sich... gut. Keine Spur mehr von dem Verlangen wegzulaufen. Er hatte überreagiert. Das hier ist ein YouTube Kanal und versucht Leute zu schocken oder an den Rand des Wahnsinns zu bringen. Wenn er jetzt souverän mitspielt kann er sich vielleicht einen Namen machen. Vielleicht wird er dadurch bekannt. Schon lange überlegt er im Internet Geld zu verdienen. Nur wie? Vielleicht ist das hier ein erster Schritt. Er muss nur schnell einen eigenen YouTube Kanal starten. Ihm fällt bestimmt noch etwas ein. Jetzt spielt er erstmal mit und lässt es sich nicht anmerken. Er hat das Spiel durchschaut.

„Ist alles OK?" Maria sieht ihn besorgt an. „Ja klar", stammelt er. Vielleicht ist das sogar Live? Er muss Alexander gleich eine Nachricht schicken.

Sie geht jetzt einen halben Schritt vor ihm und er riecht ihr für ihn unbekanntes Parfüm. Eine Mischung aus süßlichem Harz und Lavendel und etwas unbekanntem. Irritierend und doch verführerisch. Es passt zu ihr. Oh Mann. Wenn das hier vorbei ist will er sie unbedingt näher kennenlernen.

Sie gehen jetzt in den Saal und plötzlich trifft es ihn wie ein Hammer. Wie eintausend Stadienstrahler die alle gleichzeitig eingeschaltet werden. Die Ausstrahlung des Raumes mit allen Einzelheiten blendet ihn mit voller Wucht. Eben erst war es hier doch noch leer gewesen. Und es stank... dieser unerträgliche Gestank. Der ist ebenfalls verschwunden. Nun ist der Raum festlich geschmückt und voll mit Menschen. Mindestens zweihundert. Er würde aber auf mehr tippen. Eine Geräuschkulisse wie aus einem vollbesetztem Kino, in dem der Film gleich anfängt. Wo kommen die Menschen plötzlich alle her? Ist das Hotel doch so groß?

Im Saal stehen runde Tische unterschiedlicher Größe nach einem unbekannten Muster verteilt. Vier oder mehr Stühle stehen um jeden der

Tische die alle mit einer schweren, cremefarbenen Tischdecke bedeckt sind. Festlich geschmückte Männer und Frauen, von jung bis alt sitzen an den Tischen, gehen umher, unterhalten sich oder trinken etwas an der Bar. Champagnerflaschen mit einem großen pinken Etikett in Eiskübel stehen auf den Tischen. An den Wänden wechseln sich schwere Wandteppiche mit efeubedeckten Holzgittern ab. Die Decke ist komplett verspiegelt und Christoph wundert sich über diesen prunkvoll eingerichteten Saal. Dann bemerkt er wie ihn neugierige Augen mustern. Als ob ihn jeder sehen will aber nicht darf. Teilweise ebben die Unterhaltungen kurz ab, verstohlene Blicke mustern ihn schnell und dann steigt der ursprüngliche Geräuschpegel wieder an. Am anderen Ende des Saales kann er eine Bühne entdecken. Auf der Bühne steht ein riesiger Flügel an dem eine korpulente Frau leise und belanglose Melodien vor sich hin spielt die jede Warteschleife am Telefon übertreffen würde. Beeindruckend. Gigantische Kronenleuchter aus Eisen hängen an dicken Ketten von der Decke und sind mit vielen, brennenden, echten Kerzen bestückt. Jeder Kronenleuchter trägt mindestens 50 Kerzen und muss Tonnen wiegen. Der kleine weiße Pudel von vorhin läuft an ihm vorbei und auf den Gang hinaus. Ein Mädchen mit einem rosa Kleid, bestimmt nicht älter als 12, läuft ihm hinterher. „Fiona. Fiona, komm sofort zurück." Ihre kleinen Füße tapsen an ihm vorbei und sie kichert leise während sie ihm einen schüchternen Blick zuwirft. Er sieht ihr hinterher hinaus in die Eingangshalle und bemerkt, dass plötzlich auch da alles voll mit Menschen ist. Vor wenigen Minuten war da noch niemand. Alle drängen in den Saal.

Maria stößt ihn leicht in die Seite während sie einen Kellner heranwinkt. „Komm schon Christoph", haucht sie ihm ins Ohr und schiebt ihn weiter in den Raum. Er hatte gar nicht gemerkt wie er stehengeblieben war. Ein Kellner kommt sofort auf sie zu. Er kam aus der anderen Ecke vor der eine lange Theke aufgebaut war. Dahinter ist eine verspiegelte Wand mit vielen Flaschen davor. An der langen Bar sitzen auf allen Stühlen Männer die sich ausgelassen über etwas unterhalten.

„Manuel. Das ist Christoph. Der neue", sagt Maria an den Kellner gewandt und zwinkert ihm zu. „Kümmre dich um ihn." „Natürlich. Bitte! Komm mit", sagt Manuel, lächelt und dreht sich um. „Nach dir", sagt Maria mit einem breiten Lächeln zu Christoph. „Na dann", sagt Christoph und folgt dem Kellner tiefer in den Saal.

Während er dem Kellner zwischen den Tischen folgt, sucht er den Raum verstohlen nach etwas auffälligem ab. Einer Kamera, einem Mikrofon, ein vergessenes Drehbuch, jemand der optisch nicht hier rein passt... irgendwas. Er bleibt wieder stehen und mustert die Menschen in diesem Raum. An der Bar bricht plötzlich lautes Gelächter aus und übertönt den ohnehin schon zu hohen Geräuschpegel. Zwei Männer, die eben noch in seine Richtung gesehen hatten wenden sich wieder zum Barkeeper und halten sich den Bauch vor Lachen. Einer schlägt mit der flachen Hand auf die Theke. Ein älteres Ehepaar kommt ihm entgegen. Sie trägt einen riesigen Blumenkranz auf dem Kopf. So groß, dass er sich fragte wie ihr kleiner Kopf das Gewicht tragen kann. Sie blickt ihn mit ihren blauen Augen an und nickt freundlich. Er nickt zurück und ist beeindruckt von dieser Atmosphäre. Alles mit Liebe zum Detail hergerichtet. Alle sind nett. Niemand will ihm hier etwas Böses.

Er geht an einem Tisch vorbei an dem eine Familie isst. Der Vater zeigt seiner kleinen Tochter soeben wie man mit Messer und Gabel das Fleisch zerteilt. Auf dem Teller ist nur Fleisch. Auf jedem der Teller. Kein Salat, Kartoffel oder sonstigen Beilagen. Christoph muss grinsen. Geil. Hier passt wirklich alles. Fleischfresser extrem, denkt er. Die ganze Familie ist festlich angezogen. Der Junge, bestimmt nicht älter als zehn Jahre alt, sieht zu Christoph auf. „Meinst du, du schaffst das?" Fragend sieht er ihn an. Seine Mutter greift den Jungen hart an der Schulter. „Merlin", fährt sie ihn an und schüttelt den Kopf. „Doch, doch", sagt Christoph. „Schon ok." Er will sich herunterbeugen und den Jungen fragen was er meint, doch Maria ist plötzlich wieder da und schiebt ihn weiter. „Später", flüstert sie. Er sieht noch wie der Vater des Jungen ihn am Arm packt und mit ihm aufsteht. In diesem Moment beendet die dicke Frau am Klavier das Stück und die Menge applaudiert. Einige stehen sogar auf. Instinktiv klatscht Christoph mit und dreht sich verstohlen um. Er steht jetzt ungefähr in der Mitte des Saales und sieht die festlich angezogenen, applaudierenden Gäste.

Mit einmal kommt er sich schäbig vor. Eine Jeans mit einem verschwitzten Shirt passt nicht in das Bild des Abends. Jeder in diesem Raum ist festlich angezogen. Die Männer tragen einen Anzug mit Fliege oder Krawatte, die Frauen durchweg ein Kleid und viel Schmuck. Alles sehr festlich. Christoph war schon auf einigen Hochzeiten, aber so etwas wie hier hatte er noch nie gesehen. Und wenn das hier keine Hochzeit ist, was es bestimmt nicht ist, was ist es dann? Was wird hier gefeiert? Ist das hier immer so? Mit was wollen die ihn als nächstes schocken?

Ein kleiner runder Tisch mit einem Stuhl steht fast direkt vor der Bühne. Etwas versetzt von den anderen Tischen. Mehr im Rampenlicht. Im Mittelpunkt. Die Dicke am Flügel sieht kurz zu ihm rüber, lächelt und stimmt nun eine traurige Melodie an während sie sich wieder dem schwarz glänzenden Flügel zuwendet. Der Kellner, Manuel, ist nun wieder da und zieht den Stuhl an dem Tisch etwas zurück. Er verbeugt sich leicht während er eine Hand hinter den Rücken nimmt. „Bitte schön", sagt er und geht einen Schritt zurück. Da soll ich sitzen? Christoph sieht den Kellner fragend an. Was wird das hier? Er sieht sich um. Dieser Tisch steht mit einigem Abstand von den anderen Tischen. Er zögert kurz, doch dann nimmt Christoph Platz. Er sitzt mit dem Rücken zum Saal. Wenn er nur Richtung Bühne sieht, kann er nichts von alledem mitbekommen was hinter ihm passiert. Ist das gewollt?

„Was möchten Sie trinken?" Manuel beugt sich zu ihm herunter und reißt ein Streichholz an mit dem er die Kerze auf dem Tisch anzündet. Der Tisch ist für eine Person gedeckt. Schade. Christoph hätte sich gerne

Maria als Begleitung gewünscht. Er dreht sich um und sucht den Saal nach Maria ab. Er kann sie nicht finden. Hat sie nicht gesagt, dass sie bei ihm bleiben will? Sie ist verschwunden. „Ein Bier bitte", sagt er und merkt, dass sein Mund trocken ist. „Ein großes" schiebt er noch nach. Manuel quittiert das mit einem Nicken und verschwindet in der Menge. Christoph stellt den Stuhl etwas schräg damit er die Leute im Saal etwas besser sehen kann. Er lehnt sich zurück und verschränkt die Arme. Er beobachtet die vielen Menschen in dem Raum. Jedes Detail ist genau abgestimmt. Wo sind die Kameras? Die Leute, die Kleidung, der Raum, die Gemälde. *Die Gemälde.* Er nimmt zum ersten Mal die vielen kleinen Bilder an den Wänden wahr. Auf jedem ist diese Frau aus der Eingangshalle zu sehen. Jedes Mal in einer anderen Pose. Einmal sitzt sie auf einer Bank in einem Park, ein anderes Mal steht sie vor einem alten Schloss. Ist es dieses hier? Er hatte es ja nur nachts und von vorne gesehen. Auf einem anderen Bild hält sie ein großes Beil mit beiden Händen über ihren Kopf. Ist das Blut was am Beil herunter tropft? Sieht sie ihn an? Ein Schauer läuft ihm über den Rücken während er gleichzeitig grinsen muss. Die geben sich ja richtig Mühe um ihn zu schocken. Langsam wird seine Miene wieder ernster. Die Gemälde waren eben noch so … *passiv.* Jetzt scheint ihn die Frau anzustarren. Zu durchbohren. Diese Augen. Sie wirken so natürlich. Ein Vibrieren in seiner Tasche holt ihn in die Realität zurück. Die Frau sieht ihn nicht an. Da ist auch kein Blut und keine Axt. Sie hält triumphierend ein Stück Papier in die Höhe. Christoph schüttelt den Kopf.

Während er sein Smartphone aus der Tasche zieht um die Nachrichten zu checken bemerkt er wieder, wie er von allen Leuten verstohlen beobachtet wird. Nicht direkt. Mehr durch kurze Blicke. Der lange Augenkontakt der zu lange auf ihm haften bleibt. Der kleine Junge von vorhin am Tisch sitzt jetzt schräg hinter ihm. Der ihn wie gebannt anstarrt. Christoph lächelt ihn an und sieht dann auf sein Telefon. Kein Empfang. Eine Nachricht um 0:20 Uhr. Das heißt er hatte eben kurz

Empfang. *Ey Christoph. Ist alles ok? Was machst du grade? Schreib kurz.* Er tippt kurz auf *Antworten* und schickt das Daumen Hoch Symbol. Dazu den Text *Ruf mich sofort an wenn du das hier liest.* Sobald der Empfang wieder da ist, würde Alex es sofort bekommen. Er steckt das Handy wieder in die Tasche und sucht wieder unauffällig den Raum nach Maria ab. Sie ist verschwunden. Seine Blicke bleiben bei der Frau am Flügel hängen. Das sind mindestens 200kg. Ihr mit Rüschen besetztes rotes Spitzenkleid passt ihr aber wie angegossen. Keine Haut die eingezwängt wird, kein überflüssiger Stoff der an den Seiten herunterhängt. Ihr Dekolleté legt ein riesiges, goldenes Medaillon frei welches an einer zarten, sehr dünnen Kette hängt. Auf dem Medaillon ist ein Symbol eingraviert welches er hier schon einmal gesehen hat. Flankiert von den Riesenbrüsten kann sich das Medaillon keinen Millimeter mehr bewegen. Ihre Blicke treffen sich und er erwidert ihr freundliches Lächeln. Sie bewegt sich nun auch leicht nach rechts und links während sie weiterspielt. DAS ist jetzt unheimlich, denkt Christoph ironisch und muss lachen.

„Ein Bier", sagt Manuel der plötzlich neben ihm steht. Er stellt die Flasche und ein kleines Glas auf den Tisch. Anstatt das Bier in das Glas zu gießen, setzt Christoph die Flasche direkt an und trinkt einen großen Schluck. Es tut gut. Richtig gut. Sein Magen hat nichts anderes verdient nach dem Theater. Er merkt sofort wie die eiskalte Flüssigkeit seinen Hals hinunterläuft und den Magen füllt. Sein Magen rumort etwas. Nachdem er den nächsten Schluck nimmt, sieht er sich die Flasche genauer an. Wieder ein Bier der Marke Hasseröder.

Die Dicke hört plötzlich auf zu spielen und Christoph kann sehen, dass sie mit jemand im hinteren Teil des Saales Blickkontakt hält. Er sieht in ihre Blickrichtung und da ist sie wieder. Maria mit einem Mann in schwarzem, elegantem Anzug. Das ist neu. Dieser Anzug passt gar nicht zu den anderen. Der ist richtig alt. So alt, dass er wahrscheinlich auch im Mittelalter schon alt gewesen sein musste. Aber es ist nicht der

Anzug der ihn stört. Es ist die Hautfarbe. Christoph hatte schon viele schwarze Menschen gesehen. Aber dieses Schwarz ist anders. Die Haut ist tiefschwarz. Genauso schwarz wie der Flügel auf der Bühne. Nur matt. Wie angemalt. Es ist unheimlich. Obwohl der Mann am anderen Ende des Raumes steht und nicht in seine Richtung sieht, hat Christoph das Gefühl von ihm Zentimeter für Zentimeter gemustert zu werden. Maria sieht ihn allerdings definitiv an. Die Art wie sie ihn ansieht gefällt ihm nicht. Da ist keine Freundlichkeit mehr.

„Möchten Sie noch etwas trinken bevor es anfängt? Denn während des Programms sind leider keine Getränke gestattet", sagt Manuel der wieder neben ihm steht. „Ein Wasser diesmal", sagt er zögerlich und wendet den Blick von Maria ab zu Manuel. Sie lässt ihre Blicke weiterhin auf ihm. „Was wird hier eigentlich gefeiert?" fragt Christoph. Manuel macht einen Schritt zurück. Seine Stirn legt sich in Falten. Er versteht die Frage nicht. „Die Taufe Herr Wolmart. Sind werden doch jetzt Mitglied." Er versucht ein Lächeln doch es misslingt. „Eine was?" fragt Christoph zögerlich. „Bring ihm sein Wasser Manuel" sagt Maria die plötzlich neben ihm steht. Christoph hat sie nicht kommen sehen. Ihr Begleiter von vorhin ist verschwunden. „Schnell, es geht gleich los", sagt sie deutlicher und Manuel dreht sich um und verschwindet mit schnellen Schritten. „Maria, was wird das hier?" fragt Christoph und sieht sie an. Die Angst von vorhin ist zurück. Wenn das hier eine Livestream Show ist, dann ist sie verdammt gut. So langsam hat er Zweifel an der YouTube Geschichte. Ist das doch ein Geisterhotel? Das Gefühl, dass hier irgendwas nicht stimmt lässt ihn nicht los. Taufe? Was für eine Taufe? „Alles in Ordnung" sagt sie beruhigend und legt ihm ihre Hand auf die Schulter. Sie lächelt ihn wieder an. „Ich bin gleich wieder für dich da", sagt sie, geht zur Wand und verschwindet durch eine versteckte Tür hinter einem der riesigen Wandteppiche. Mit gemischten Gefühlen lässt Christoph seinen Blick durch den Raum schweifen. Ein Gefühl der Panik macht sich plötzlich in seinem inneren breit und sein Magen zieht sich zusammen. Das Gefühl, die Situation unter Kontrolle zu haben ist verschwunden. Soll er aufstehen? Einfach gehen? Er dreht sich um und vermutet jetzt mehr als dreihundert Gäste in diesem Raum. Die meisten sind mit sich selbst beschäftigt. Aber einige sehen zu ihm herüber. Würden die ihn aufhalten wenn er jetzt einfach so losläuft? Er sucht nochmal den Raum ab und kann nichts entdecken was auf eine YouTube Show hindeutet. Keine Kamera, kein Mikro, überhaupt nichts. Das wirkt alles sehr echt und real.

7. Kapitel

Christoph merkt plötzlich wie es langsam dunkel wird. Zwei Kellner laufen mit langen Stäben durch den Raum und löschen damit einige Kerzen. Nicht alle. Ein diffuses Licht bleibt. Die Gespräche verstummen langsam und die Blicke sehen erwartungsvoll Richtung Bühne. Oder zu ihm. Er sitzt jetzt genau im Blickfeld. In der ersten Reihe. Alles um ihn herum scheint ihn anzustarren. Ihn und die Bühne. Niemand redet mehr. Eine bedrückende Stille. Manuel erscheint und stellt eine kleine Flasche Wasser auf Christophs Tisch. Christoph sieht sich um. Selbst der kleine Hund von vorhin scheint wie hypnotisiert auf die Bühne zu starren. Christoph sieht jetzt auch auf zur Bühne doch da ist nichts. Trotzdem ist das Gefühl einer Bedrohung nahezu greifbar. Es liegt wie eine schwere Decke auf dem Raum. Irgendwas wird gleich passieren. Und für ihn wird es nicht gut ausgehen. *Lauf weeeg.*

Im Film gibt es immer Momente wo das Opfer das Unheil noch abwenden kann. Aber es gibt einen Punkt ab dem es nicht mehr geht. Wenn der Held der Geschichte erst einmal auf dem Weg ist nach diesem Punkt muss er da auch durch. Christoph spürt, dass dieser Moment gekommen ist. *Lauf! Wenn dann jetzt!* Schweiß läuft ihm den Rücken herab und ihm wird plötzlich kalt. Es ist totenstill im Raum. Christoph sieht zur Bühne. Die Dicke und der Flügel sind verschwunden. Und zum ersten Mal sieht Christoph einen schweren, schwarzen Vorhang den er bis grade noch für die Rückwand gehalten hat. Irgendetwas bewegt sich dahinter. Der Vorhang schwingt leicht vor und zurück. Ein Knacken ertönt und der Vorhang scheint sich langsam zu bewegen. Er wird nicht an einem Seil gezogen. Er *bewegt* sich. *Er lebt.* Er scheint für etwas Platz zu machen was dahinter ist. Aber außer der Bewegung ist nichts zu sehen. Er verschwindet weder nach oben noch zu den Seiten. Irgendetwas will heraus. Zu ihm. Zu ihm weil es *seine* Taufe ist. Weil er im Zentrum des Raumes sitzt. Weil ihn alle verstohlen ansehen. *Um ihn zu töten. Um ihn zu essen.* Jetzt ist der Zeitpunkt gekommen. Er holt tief Luft und will aufstehen, doch genau in dem Moment legen sich zwei riesige schwarze Hände auf seine Schultern und halten ihn unten. Ein eisiger Schreck fährt durch seine Glieder und er stöhnt laut auf. Sein Herz rast.

Er kann sich keinen Zentimeter mehr bewegen. Panisch zuckt sein Kopf hin und her um zu erkennen wer ihn da festhält. Dann legt er seinen Kopf in den Nacken und starrt den schwarzen Hünen an. Die riesigen Hände liegen so auf seinen Schultern wie ein Masseur es machen würde. Mit dem Unterschied, dass sich diese Hände nicht bewegen. Sie liegen einfach auf den Schulten und halten ihn wie in einem Schraubstock. Christoph sieht dem Mann ins Gesicht. Ein komplett schwarzes Gesicht. Es ist einfach tiefschwarz. Sogar die Lippen und die Augen… die Augen haben kein weiß wie es normalerweise sein soll. Die Augäpfel sind einfach nur komplett schwarz und sehen an ihm vorbei in Richtung Bühne. Oder zu ihm herunter? Es ist der schwarze Mann von vorhin. Er ist riesig. Mehr als zwei Meter groß und sehr muskulös. Sehr kräftig. Mühelos scheint er Christoph unten zu halten. Christoph versucht noch einmal aufzustehen doch es ist nicht möglich. Schweiß tropft jetzt von seiner Nase. Er merkt wie seine Hände zittern. Keinen Zentimeter kann er sich bewegen. Er ächzt schwer und stößt einen leisen Schrei aus der mit dem plötzlichen Reißen des Vorhangs verschmilzt. Christoph will lauter schreien, reißt seinen Mund auf, windet sich, will um sich treten; aber er starrt gebannt zur Bühne während der Vorhang sich in Rauch auflöst und sich eine bizarre Szene vor ihm festigt.

Eine groteske Figur, welche eine Mischung aus Frosch und Mensch zu sein scheint, hockt gebückt auf dem hölzernen Boden. Da wo bei einem Menschen die Arme und Beine sind, sind hier angewinkelte Gliedmaßen mit Flossen zu sehen die stark an einen Frosch erinnern. Der Kopf dieser Kreatur ist nach unten geneigt und scheint sich vor Christoph verbeugen zu wollen. Um diese schwarze Figur knien sechs

Frauen in einem zum Publikum geöffnetem Halbkreis. Drei zu jeder Seite. Sie sind nur mit einem Umhang bekleidet. Ebenfalls schwarz. Ihre Augen sind geschlossen. Sie alle haben lange, blonde Haare die fast bis zum Boden reichen. Christoph bemerkt mit einem Mal wie still es ist. Niemand im Raum redet, keine Gläser klirren, nichts. Alle sehen gebannt nach vorne. Hinter seiner Stirn pulsieren Hammerschläge. So laut, dass es eigentlich jeder hören muss, denkt Christoph. Er sieht sich um und sucht Blickkontakt. Der schwarze Riese drückt ihn noch immer herunter. Alle Blicke verfolgen das was auf der Bühne geschieht. Keiner sieht zu ihm herüber. Wie aus dem Nichts erscheint plötzlich Maria in einem Purpurfarbenen Kleid auf der Bühne und geht von der rechten Seite auf die Figur am Boden zu. Maria ist wunderschön. Das Kleid schleift hinter ihr her.

Die Figur auf dem Boden ist eine Statue. Christoph kann erkennen, dass sie aus Stein oder Marmor besteht. Maria bleibt hinter der Figur stehen und sieht Christoph direkt an. Er versucht sich nach vorne fallen zu lassen, doch die schweren Arme drücken ihn so geschickt auf den Stuhl, dass keine Bewegung möglich ist. Christoph wendet seinen Blick von Maria ab. Panik. Er muss nur irgendwie hier raus. Jetzt. Bevor es zu spät ist. Panisch sieht er in das ausdruckslose Gesicht des schwarzen Riesen, sucht Blickkontakt bei einigen Gästen und sieht dann wieder nach vorne. Er atmet schwer und stößt plötzlich einen Schrei aus als er sieht wie Maria ein Baby in den Händen hält. Das Baby scheint aufzuwachen und fängt an zu schreien. Marias Ausdruck ist konzentriert als sie das Baby vorsichtig auf den Rücken der Statue legt. Christoph versucht sich mit seinen Füßen abzustoßen, windet sich hin und her doch der Griff hält ihn immer noch so fest, dass er keinen Zentimeter vor oder zurück kommt. Maria sieht kurz zu ihrer linken, aus der Richtung aus der sie gekommen war, und scheint ein Zeichen zu geben und plötzlich dröhnt laute Rockmusik aus der Richtung. Christoph erschrickt und bemerkt zum ersten Mal eine Band auf der Bühne. Eine

Band? Ein Schlagzeug. Der Schlagzeuger spielt kräftig einen simplen Takt in dem ein Gitarrist vor ihm einen stark verzerrten Sound mit viel Hall und Delay Effekten einstimmt. Zwei sich abwechselnde Akkorde. Begleitet wird das Ganze von einer riesigen Orgel deren Pfeifen in der Wand verschwinden. Der Organist steht mit dem Rücken zum Publikum und presst durch sein Spielen auf den Tasten eine Kette von kräftigen Basstönen in den Raum. Die Gläser auf den Tischen vibrieren. Die drei Musiker sind ganz in schwarz gekleidet und man kann nicht mal erkennen ob es Männer oder Frauen sind. Sie bewegen sich Rhythmisch im Takt und die Melodie klingt wie verstimmte Kirchenmusik. Er sieht wieder zu Maria und das Baby welches sich auf dem *Altar* hin- und her bewegt. Falls es schreit, kann man es nicht hören.

Maria macht einen Schritt zurück und schließt die Augen. Die Band kommt jetzt in Fahrt und ändert leicht ihren Stil. Eine Mischung aus Glen Miller und Bluesrock drückt sich in das Publikum. Völlig Grotesk. Das Ganze wirkt so surreal, dass sich Christoph fast schon sicher ist gleich aus einem Traum aufzuwachen. YouTube hin oder her. Das hier ist ein Traum. Er dreht seinen Kopf und sieht in den Gesichtern der Leute eine Mischung aus Erheiterung und Neugier. Gebannt verfolgen sie die gruselige Szene auf der Bühne. Die Frauen um die Froschkreatur bewegen ihre Köpfe leicht von rechts nach links im Takt zur Musik. Musik die nun langsam schneller wird. Christoph starrt mit offenem Mund auf die Szene und kippt plötzlich leicht nach vorne. Der Druck von den Schraubstockhänden ist verschwunden. Irritiert springt er sofort auf und dreht sich um. Er sieht in die ausdruckslosen Gesichter der versammelten Menge. Alle sehen ihn an. Schweiß steht auf seiner Stirn.

Jetzt. Im selben Moment in dem er losspringen will um aus dem Saal zu fliehen, wird er rechts und links an jedem Arm von zwei weiteren, weitaus kleineren *Dienern* gepackt. Ihre Haut und die Augen sind ebenfalls pechschwarz und ihr Griff um seine Oberarme sind sehr kräftig. Im Gegensatz zum Riesen von vorhin haben diese beiden einen leicht gelblich gefärbten Anzug an. Christoph versucht sich aus dem Griff zu befreien. „Bitte", sagt Christoph und seine Stimme zittert. „Ich möchte gehen." Doch seine krächzende Stimme geht im Getöse der Musik unter. „Bitte", schreit er und wehrt sich gegen den Griff.

Die beiden Diener müssen ihn fast komplett tragen da er sich jetzt mit seinem ganzen Gewicht nach unten weg drücken will. Sie schleifen ihn an den linken Rand der Bühne. Er sieht vor ihm vier Stufen die hinaufführen. Seine Wärter halten inne und warten. Der schwarze Hüne ist verschwunden. Christoph versucht nochmal sich aus dem Griff zu befreien. Erfolglos. Die Musik wird noch schneller und einige im Saal fangen an im Takt mit ihren Füßen auf den Boden zu treten. Es wird immer lauter. Christoph windet sich wieder hin und her. Er versucht etwas oder jemand mit seinen Füßen zu erwischen doch alle Versuche gehen ins Leere. Dann wird es langsam leiser. Die Band spielt jetzt langsamer, lässt die Akkorde ausklingen und hört dann ganz auf. Alle im Saal sitzen wieder ruhig auf den Plätzen. Das Becken des Schlagzeugers schwingt noch nach, als die beiden Diener langsam mit Christoph die Treppenstufen empor gehen. Wie ein Roboter setzt Christoph ein Fuß vor den anderen. Er will nicht. Aber er hat keine andere Wahl. Die Frauen am Boden rutschen auf ihren Knien zur Seite und machen ihnen Platz. Maria steht jetzt vor Christoph und lächelt ihn an. Da liegt etwas Beruhigendes in ihrem Blick. Etwas sagt ihm, dass alles in Ordnung ist. Es ist alles in bester Ordnung. Sie nickt den beiden Dienern zu und diese lassen Christoph los und gehen ein paar Schritte nach hinten. Plötzlich ist der schwarze Mann wieder da. Er steht neben Maria und starrt Christoph an. Glaubt er zumindest. Die Augäpfel sehen aus wie schwarze Murmeln und könnten überall hinsehen. Doch er fühlt es. Dieser eiskalte Blick hält ihn gefangen und Christoph ist unfähig sich zu bewegen. Er sieht von der Bühne nach unten ins Publikum. Alle sehen ihn an. Es ist wieder totenstill. In den hinteren Reihen sind einige aufgestanden um besser sehen zu können. Sie sind alle voller Erwartung.

Auf was? Christoph sieht rüber zu der Band und die drei Musiker halten inne und warten darauf, dass es wieder losgeht. Sein hämmernder Puls ist das einzige was er hört. Das Baby bewegt sich wieder und gluckst. Christoph sieht herunter. Der kleine Mensch liegt auf dem Altar in einer Nische. Er kann erkennen, dass es ein Junge ist. Eine kleine Spalte, die genauso groß ist wie das Baby, ist in den Altar eingearbeitet.

Maria kniet sich vor den Altar und der Hüne gibt ihr einen großen silbernen Kelch ohne Christoph aus den Augen zu lassen. Jedenfalls sieht es so aus. Maria hält jetzt den Kelch an den unteren Rand des Altars. Die Mischung aus Frosch und Mensch hat an der Stelle wo der Schwanz sein müsste, eine kleine Öffnung. Darunter platziert Maria jetzt den Kelch. Die beiden Diener stehen plötzlich rechts und links neben dem Altar und greifen jeder ein Bein der Kreatur. Der Hüne kommt jetzt zur Froschkreatur und hält eine Art Holzpuppe in seiner Hand. Er führt diese zu seinem Mund, flüstert ein paar Worte und legt die Puppe dann auf das Baby welches gebannt nach oben starrt. Als ob es etwas sucht.

Der Schlagzeuger spielt plötzlich einen Trommelwirbel und Christoph zuckt zusammen. Die ganze Band setzt wieder zu einem treibenden Rhythmus ein der hier auf der Bühne ohrenbetäubend laut ist. Die Diener heben jetzt jeder das Bein der Froschkreatur und Christoph sieht voller Entsetzen wie sich der ganze Altar zusammenzieht. Eine mechanische Konstruktion, die die Hebelwirkung der Beine in eine Presse umwandelt. Das Baby öffnet den Mund doch die Band übertönt jedes Geräusch. Das Anheben der Beine schiebt den Altar so zusammen, dass das Baby zusammengequetscht wird. Die Holzpuppe drückt sich in den Oberkörper des Säuglings. Christoph schreit jetzt ebenfalls. Wie festgefroren steht er auf der Stelle und kann sich nicht bewegen. Die Diener schieben emotionslos die Beine weiter nach oben. Christoph meint ein Knacken zu hören und plötzlich ist überall Blut. Maria kniet vor dem Kelch der in diesem Moment vollläuft. Blut mit einer Mischung aus einer weißen und gelblichen Flüssigkeit läuft aus dem Abfluss des

Altars in den Kelch. Christoph ist wieder übel. Das hier ist nicht inszeniert. Das ist echt. Kein YouTube. Sowas kann man nicht inszenieren. Wo ist er hier hineingeraten. Seine Augen hetzen von Maria zu der Band, zu dem Kelch, zu dem schwarzen Hünen und wieder zu Maria. Die Musik steigert sich noch mehr, wird schneller, lauter. Wie in Trance bewegen sich die Oberkörper der jungen Frauen zu seinen Füßen im schneller werdenden Takt. Ihm wird schwindelig. Er holt tief Luft. Die Szene vor ihm beginnt zu verwischen. Ein feiner Schleier legt sich vor seine Augen. *Nebel?* Er zwinkert ein paarmal mit den Augen. Direkt vor ihm und um ihn herum ist alles in Rauch getaucht der immer dichter wird. Er sieht sich um und kann kaum weiter sehen als bis kurz vor die Bühne. Das Publikum ist schon nicht mehr zu erkennen. Sind die noch da? Er versucht durch den Nebel etwas zu erkennen und mit einem Schlag hört die Musik auf. Alles ist still. Nur sein Herz hämmert wild und versucht aus seiner Brust zu springen. Sein Blick zuckt hin und her. Durch den Nebelschleier ist es fast unmöglich mehr als eine Armlänge weit zu gucken. Und plötzlich zerreißt ein lautes, schmatzendes Geräusch den Schleier der Stille. Ein unmenschliches, kehliges Grunzen poltert nur ein paar Schritte vor ihm aus dem Nebel. Christoph spürt wie seine Hände zittern. Sein Oberkörper schaukelt hin und her und er versucht etwas zu erkennen. Panische Angst schnürt ihm die Kehle zu. Er ist unfähig nur einen Laut herauszubringen.

Der Nebelschleier wird langsam wieder dünner. Christoph erkennt plötzlich eine Gestalt vor dem Altar. Eine Kreuzung aus Mensch und Frosch. Pulsierend. Lauernd. Ein nahezu perfektes Abbild des Altars. Als ob die Kreatur des Altars in einen Spiegel schaut. Nur ist diese Figur etwas größer und massiger. Zusätzlich umgeben Tentakel das, was eigentlich ein Hals sein musste. Die Tentakel bewegen sich leicht hin und her. Im Gegensatz zum Altar scheint alles an dieser Kreatur lebendig zu sein. Zu den bewegenden Tentakeln scheint es auch unter der Haut zu arbeiten. Tausende kleine Käfer scheinen sich unter der schwarzen

Oberfläche hin und her zu bewegen. Dann bewegt sich die Figur und das was der Kopf zu sein scheint dreht sich in seine Richtung. Diese Kreatur hockt ganz ruhig vor dem Altar und starrt ihn an. Der Bauch hebt und senkt sich ganz langsam. Christoph muss ihr auch in die Augen sehen. Kann den Blick nicht abwenden. Solche Augen hat er noch nie gesehen. Eine trübe Mischung aus weiß und gelb, getrennt von einem schwarzen Strich die an rein Reptil erinnern. Er kann real fühlen wie sich dieser Blick in sein Gehirn bohrt. Ihn gefangen nimmt. Ihm den Atem raubt. Ihm eine entsetzliche Last auf sein inneres legt. Ein Druck wie hundert Kilo Eisen auf seinem Brustkorb welches ihm das Atmen erschwert. Es fühlt sich an wie ein extrem schlechtes Gewissen, nur *greifbarer* und größer. In diesem Blick, und auch in dieser Kreatur scheint einfach alles böse zu sein. Ein grundlegendes Gefühl in einem Abgrund zu blicken der den gesamten Hass den er jemals gefühlt hat in sich aufgenommen hat. Wenn man alle Sorgen, Hass und Ängste in einen Moment pressen kann dann ist es dieser hier. Der Blick nimmt ihm alles. Er ist mächtig. Und alt. Christoph hat das Gefühl in einem Strudel von tausenden von Jahren lodernden Hasses zu blicken. Jetzt will er einfach nur noch sterben. Das hier soll aufhören. Es wird immer mehr. Er lässt sich fallen. Ihm ist alles egal. Doch die Wärter packen ihn im letzten Moment und halten ihn hoch. Sie sehen diese Reaktion nicht zum ersten Mal. Die Kreatur sitzt weiter da und sieht ihn einfach nur an. In seinem inneren brennt alles. Ein Feuer das jeden Lebenswillen auffrisst. Jeden Wunsch auslöscht. Er spürt wie etwas unterhalb seiner Kehle heiß wird. Pulsiert. Er bekommt kaum Luft.

Die Musik hört plötzlich wieder auf und man kann hören wie auch ein grölen und jubeln im Saal aufhört. Er kann sich nicht daran erinnern wann die Musik wieder eingesetzt hatte. Wie lange geht das hier eigentlich schon? Alle sind jetzt außer sich und sind wohl beim letzten Song der Band in lautes Gekreische und Jubel ausgebrochen. Jetzt lechzen sie danach was passieren wird. Lechzen nach Blut. Jemand aus den hinteren Reihen ruft etwas.

Maria erhebt sich und hält Christoph den Kelch hin. Sie sieht ihn dabei nicht an sondern nach unten. Mit einer leichten Verbeugung steht sie vor ihm. Der schwarze Hüne dreht sich zum Publikum und fängt an zu reden. Die Stimme ist sehr tief und es ist mehr ein Donnern als ein Reden. Christoph steht noch immer vor Maria die ihm den Kelch hinhält. Die beiden Diener halten ihn leicht fest wobei es mehr ein Stützen als ein Festhalten ist. Hatte er kurz das Bewusstsein verloren? Er hat das Gefühl als ob ihm ein paar Minuten fehlen. Die Worte des Hünen an die versammelten Leute sind in einer Christoph unbekannten Sprache. Einer *alten* Sprache. Nicht einmal eine Ähnlichkeit zu einer bekannten Sprache ist erkennbar. Diese Sprache sollte es nicht geben. Jedes Wort scheint wie ein Schlag auf die Seele. Sie sind böse. Die einzigen Worte die Christoph versteht sind sein Name. Christoph. Immer wieder sein Name inmitten einer Sprache die nicht von dieser Welt ist.

Die Leute im Saal die bis jetzt noch gesessen hatten stehen plötzlich auf und es ist wieder still. Alle sehen ihn an. Der Hüne fängt an ein Wort in regelmäßigen Abständen zu donnern. Immer wieder das gleiche Wort. Es klingt wie *Jank-tza*. Immer wieder *Jank-tza*. Die Leute im Saal stimmen erst leise mit ein und werden dann immer lauter. Sie rufen, nein sie schreien das Wort. Wie in Trance ist Christoph versucht ebenfalls mitzusprechen. Er fühlt keinen Widerstand mehr. Er hat aufgegeben. Der Blick der Kreatur löscht nach und nach jede Form von Wiederstand die sich in seinem Inneren aufbäumen will. Jeder Versuch wieder Herr seiner Sinne zu werden erstickt im durchbohrenden Blick der Kreatur. Maria stupst ihn plötzlich leicht mit dem Kelch an. Er sieht zu ihr herunter und kann sehen, dass sie zittert. Der Kelch scheint ihr immer schwerer zu werden während sie ihm ihn mit ausgestreckten Armen entgegen hält. Christoph nimmt wie paralysiert den Kelch und der Saal fängt an zu jubeln. Zu kreischen. Ein ohrenbetäubendes Donnern kommt aus den Kehlen der Anwesenden. Maria lässt ihre Arme sinken und sieht erleichtert zu ihm auf. Sie lächelt ihm zu. *Es ist alles in Ordnung.* Sie steht langsam auf betrachtet Christoph. Der schwarze Hüne deutet Christoph mit einer Geste an, sich dem Publikum zuzuwenden. Zum ersten Mal meint Christoph ein Lächeln bei dem Hünen zu sehen. Er dreht sich um und von einer Sekunde auf die andere stoppt der Jubel. Alles ist wieder still und sieht zu ihm auf. Erwartungsvoll. *Soll er das jetzt trinken?* Die Froschkreatur scheint ihn immer noch anzusehen, doch der Bann scheint gebrochen zu sein. Ihr Blick scheint mehr einen Punkt hinter ihm zu fokussieren. Sie sieht durch ihn hindurch. Für einen Moment kann er wieder klar denken. Der drückende Schleier ist verschwunden. Was er jetzt macht ist nicht mehr unter Zwang. Es ist freiwillig. Natürlich. Die wollen, dass er den nächsten Schritt freiwillig macht. Niemand kann einen zur Taufe zwingen. Er sieht zu dem Altar herüber der die Beine immer noch grotesk nach oben gedreht hat. Das Baby liegt ausgepresst in seinen Händen. Wie ein frisch gepresster Orangensaft. Es riecht nach Schlachthaus. In einem Schwall erbricht er sich auf die Bühne während er den Kelch weiter festhält.

Christoph hält den Kelch in seinen Fingern. Er zittert am ganzen Körper. Schweiß tropft von seiner Nasenspitze auf den Boden und er sieht auf. Maria direkt in die Augen. Sie sieht ihn ernst an. Jeder in diesem Raum scheint genau hinzusehen. Hinzusehen was Christoph jetzt machen wird. Christoph stützt sich mit seinem Ellenbogen auf den Schultern des einen Dieners ab. Dieser steht weiter unbeeindruckt da. Christoph sieht wieder in den Raum. Mustert die Leute während die Sekunden verstreichen und da steht sie. Die alte Frau von dem Gemälde. Inmitten der Leute. Die gleiche Kleidung. Die gleichen Augen. Sie sieht ihn an. Auch ihre blauen Augen sind voller Hass.

Das ist zu viel. Er schreit. Schreit laut auf, schüttet den Inhalt des Bechers in Marias Gesicht und wirft den Kelch dann in die Richtung des

Kopfes des schwarzen Hünen. In derselben Bewegung läuft er los. Er springt von der Bühne und vorbei an seinem Tisch Richtung Ausgang. Die alte Dame steht mitten im Raum und sieht ihn nur an. Für den Bruchteil einer Sekunde passiert nichts. Und dann plötzlich alles. Maria schreit ein lautes, langgezogenes *Neeeeeein*. Der Kopf des Hünen zuckt in Richtung Christoph, ignoriert den Kelch der ihn mit voller Wucht an der Stirn trifft, bewegt sich dann flink wie ein Balletttänzer von der Bühne und nimmt die Verfolgung auf. Die Leute im Raum kreischen, werfen ihre Köpfe in den Nacken, strecken die Arme nach oben und fangen an mit den Händen zu zittern. Einige verdrehen die Augen bis man nur noch das weiße sieht. Einige fallen von den Stühlen. Der Saal zittert ebenfalls und scheint lebendig zu werden. Manuel und ein weiterer Diener stellen sich ihm in den Weg doch Christoph hat so viel Schwung, dass er sie mühelos umrennt. Der ganze Saal ist ein einziges Chaos. Er dreht sich nicht um. Läuft zur Tür und stemmt sich mit aller Kraft dagegen. Sie geht auf und er stolpert hinaus in den Flur. *Weg hier!* Er schreit diesen Gedanken seinen Beinen zu. Er stolpert, steht wieder auf und rennt den Flur entlang in Richtung Ausgang. Da wo er hergekommen ist. Er zwingt sich dazu sich nicht umzudrehen. Tränen schießen ihm in die Augen und verschwommen taucht die riesige Tür vor ihm auf. Im gleichen Moment wo er die Tür erreicht, drückt er den Griff herunter. Nichts passiert. An dieser Stelle ist er schon einmal gescheitert. Warum soll es jetzt anders sein?

Mit aller Kraft wirft er sich gegen die schweren Eichenbretter doch sie bewegen sich kein Stück. Schwer atmend hämmert er mit seinen Fäusten und dann mit seiner Stirn gegen die Tür. „Nein, nein", ruft er immer wieder während er nun auch mit der Faust auf die Tür einschlägt. Keuchend lehnt er sich gegen die Tür und schließt die Augen. Er konzentriert sich auf den Flur hinter sich. Bis auf seinen Atem und das Schlagen seines Herzens, das seinen Schädel zu sprengen scheint, nimmt er nichts wahr. Aber er kann es fühlen.

Er dreht sich langsam um. Das restliche rationale Denken wird durch diesen Anblick weggewischt. Was er sieht ist grotesk. Dann wird ihm schwarz vor Augen und er verliert das Gleichgewicht. Fällt nach hinten gegen die Wand und schlägt mit dem Hinterkopf gegen den Türknauf. Das scheint ihn wieder wach zu rütteln. Halb stehend drückt er sich mit dem Rücken gegen die Tür und versucht mit ihr zu verschmelzen. Unsichtbar zu werden. Mit offenem Mund starrt er die Szene vor ihm an. Er muss ein paar mal blinzeln um die Szene zu erfassen. Vor ihm stehen dutzende… hunderte. Die meisten die eben noch im Saal gewesen waren und noch viel mehr. Der Flur ist voll mit Menschen. Alle in ihren festlichen Klamotten. Und alle starren ihn an. Diese leblosen und doch sehr wachen Augen scheinen ihn zu durchbohren. Niemand rührt sich. Man hätte die berühmte Stecknadel fallen hören können, wäre da nicht der schwere Teppich gewesen. Sein Herz hämmert. Schweiß tropft von seinem Kinn auf den Boden aber er nimmt es nicht wahr. Es ist unmöglich. Das was er hier erlebt ist *unmöglich*. Ein groteskes Abbild eines schlechten Horrorfilms. Er fängt an zu kichern und hebt abwehrend die Hände. Er schüttelt den Kopf und bemerkt jetzt wie sehr seine Hand zittert. Das Kichern geht in ein Lachen über aber er wagt es nicht den Blick zu heben. Die ganze Szene wird verschwinden wenn er es will. Das war schon immer so. Er schließt die Augen und versucht an etwas anderes zu denken. Wenn man Gespenster ignoriert verschwinden sie. So heißt es doch in einem Film.

„Sie müssen die Zeremonie beenden Herr Wolmart" sagt eine dünne, schneidende Stimme und Christoph spürt wie jemand einen Schritt auf ihn zugeht. Christoph öffnet die Augen. Manuel steht vor ihm. Lächelnd. Ein Klumpen Blei sackt aus Christophs Magen eine Etage tiefer. Christoph starrt Manuel an. „Christoph", sagt Maria die plötzlich neben Manuel steht und klingt enttäuscht wie ein freches Teenager Mädchen welches kein Taschengeld für neue Schuhe bekommt. „Jetzt müssen wir nochmal von vorne beginnen." Sie verzieht den Mund und sieht ihn herausfordernd an. Dann lächelt sie wieder. „Aber mach dir keine Sorgen. Sowas passiert manchmal. Nur wenige schaffen es gleich beim ersten Anlauf. Allerdings hätte ich dich anders eingeschätzt." Sie macht einen Kussmund und deutet mit einem Nicken zurück in Richtung Saal. „Kommst du?"

Christoph drückt sich wieder stärker mit dem Rücken gegen die Tür. Er will etwas sagen doch aus seinem Mund kommt nur ein erstickter Laut. Er räuspert sich und schreit ihr direkt ins Gesicht. „Lass mich raus." Er atmet schwer. Stoßweise. „Bitte. Ich habe auch nichts gesehen. Ich will einfach nur gehen." Dann fügt er leise nochmal ein ersticktes *Bitte* hinzu. Jetzt tritt der Pförtner, Gerhardt, aus der Menge heraus. „Aber das geht nicht Herr Wolmart", sagt er. Sein Gesichtsausdruck hat etwas Entschuldigendes. „Ich tue was Sie möchten Herr Wolmart", fährt er fort. „Aber Sie sind doch jetzt Mitglied. Und als Mitglied brauchen Sie die Weihe. Ohne diese sind Sie", er sucht nach den richtigen Worten. „Nunja. Noch nicht vollkommen." Gerhardt zuckt mit den Achseln. „Aber ich denke", sagt Gerhardt, doch Christoph fällt ihm ins Wort. „Ich bin was?" krächzte Christoph. „Mitglied? Mitglied von was?" Er sieht ihn an und schüttelte dann den Kopf. „Ich bin kein Mitglied. Ich will einfach nur nach Hause", sagt er. Bei dem Gedanken daran in seinem Bett zu liegen steigen ihm Tränen in die Augen. „Bitte", krächzt er wieder. „Ich sage auch niemand etwas", sagt er jetzt leise und fängt an zu schluchzen.

„Du hast doch unterschrieben", sagt Maria und kommt bedrohlich langsam auf ihn zu. „Willst du etwa auschecken? Bevor du die Weihe bekommen hast?" Sie sieht ihn neugierig an. Und auch eine Spur Enttäuschung steht in ihrem Gesicht geschrieben. „Ja..., ja", sagt Christoph und nickt heftig. „Auschecken. Das will ich. Genau. Ich will auschecken." Maria und Gerhardt sehen sich an. „Wenn du möchtest, verschieben wir die Weihe." Maria lächelt wieder. „Du kannst gehen. Jederzeit. Aber du bist jetzt Mitglied. Du hast mit deinem Leben unterschrieben. Mit deinem Blut." Der Pförtner Gerhardt hebt zur Bestätigung den unterschriebenen Zettel in die Höhe und lächelt dabei. Jetzt kann Christoph deutlich lesen, dass über seiner Unterschrift das Wort *Mitgliedschaft* und *Familie* in großen Buchstaben steht. Seine Unterschrift. *Mit seinem Blut.* Er spürt plötzlich wieder den Schmerz in seinem Zeigefinger wo ihm das Blut für die Unterschrift entnommen wurde.

„Ja, ich will dann jetzt auschecken", sagt er bestimmend und sieht Gerhardt direkt in die Augen. Das Zittern aus seiner Stimme ist verschwunden. Er ist jetzt entschlossen. Sein jetzt durch Tränen verschwommener Blick hält dem von Gerhardt stand. Er ballt die Hände zu Fäusten und zwingt sich zu einem Grinsen. Gerhardt lächelt nicht mehr. Er sieht Christoph in die Augen und geht dabei einen Schritt auf ihn zu. Sie stehen voreinander wie zwei Boxer auf einer Pressekonferenz um den Fans zu zeigen wer am längsten den Blick halten kann. „Na denn", sagt Gerhardt plötzlich und hebt den schweren Schlüssel in die Höhe. Er lächelt jetzt wieder. Christoph hingegen muss sich zusammenreißen um nicht wieder in Panik zu verfallen. Gerhardt geht zur Tür und schiebt den schweren Schlüssel ins Schloss. Christoph dreht sich zu der Menschenmasse um. Es hat sich niemand bewegt. Alle sehen ihm in die Augen. *Starren.* Maria sieht ihn prüfend an. „Beim nächsten Mal wird es schwieriger Christoph. Du kommst nicht drumrum. Wir", sie deutet mit einer Handbewegung auf die versammelten Leute, „sind alles Gefangene. Genau wie du. Gestrandet. Aber man gewöhnt sich daran." Sie lächelt und Christoph fallen plötzlich die beiden jungen Männer auf die neben ihr stehen. Muskulöse, durchtrainierte Schönlinge die sich an ihr schmiegen und ihn ansehen. Maria kommt jetzt ein paar Schritte auf Christoph zu und legt ihm die Arme um den Hals. Ihr Gesicht ist jetzt ganz nah an seinem. Er kann wieder ihr Parfüm riechen. Allerdings bemerkt er auch ihren süßlichen Schweißgeruch. Sie ist auch nur ein Mensch. Er kann ihrem Blick nicht standhalten. Er starrt auf den Schlüssel der immer noch unbewegt im Schloss steckt. Gerhardt hält ihn fest und wartet auf ein Zeichen. Bitte, fleht Christoph innerlich. Maria lässt ihn wieder los, dreht sich um und verschwindet in der Menge. Christoph sieht ihr hinterher und bemerkt wieder die alte Dame. Völlig unauffällig steht sie da und sieht ihn an. Es fällt ihm schwer seinen Blick von ihr abzuwenden.

Dann hört er das Klicken im Schloss. Noch bevor Gerhardt den Türgriff berührt hat Christoph ihn bereits heruntergedrückt und schiebt die Tür auf. Kühle Nachtluft strömt ihm entgegen. Der Vollmond erhellt den Parkplatz vor ihm und Christoph hechtet hinaus. An Gerhardt vorbei. Ohne sich umzudrehen läuft er auf seinen Wagen zu. *Der Schlüssel.* Voller Panik sucht er in seinen Taschen und zieht erleichtert seinen Schlüssel heraus. Er drückt den großen Knopf und die Blinker signalisieren ihm, dass der Wagen nun offen ist. Beim Öffnen der Tür wirft sich Christoph ins Auto und lässt sich in den Sitz sinken. Er startet den Wagen und fährt los. Er drückt instinktiv den Knopf der den Wagen verriegelt. Die Scheinwerfer streifen die große Tür aus der er eben rausgehechtet war. Sie ist nun zu. Niemand ist zu sehen. Oder doch? Hatten seine Scheinwerfer eben Maria gestreift die dort an der Hauswand steht? Er reißt den Wagen herum und wäre um ein Haar mit einem BMW zusammengestoßen der auch auf dem Parkplatz steht. Er atmet ein paarmal tief durch und muss sich zwingen langsam zu fahren. Hier will er nicht riskieren, dass er liegenbleibt um den ADAC zu rufen. Der Weg durch den dichten Wald ist durch seine Scheinwerfer und das Mondlicht gut zu sehen. Er schaut kurz in die Rückspiegel. Niemand verfolgt ihn. Er ist alleine auf dem Waldweg unterwegs. Er nimmt kaum wahr was um ihn herum passiert. Nur weg hier, denkt er. Er schaukelt langsam durch den Wald und blickt immer wieder in den Rückspiegel. Er erwartet, dass plötzlich Maria aus dem Dunkel vor ihm auftaucht und auf der Straße steht. Doch er fährt schnell und ohne Probleme den Waldweg zurück den er gekommen war. Und plötzlich ist er wieder auf der

Autobahn in Richtung Süden. Er gibt wieder Gas. Der Audi fährt nun 230 km/h. Das macht er sonst nie. Er fährt sonst immer sparsam und materialschonend. Sein Handy in der Tasche vibriert. Christoph nimmt es heraus und sieht 4 verpasste Anrufe und 2 Nachrichten. Alexander. Er drückt auf Rückruf und nimmt das Handy ans Ohr. Während er das Freizeichen hört beruhigte sich sein Herzschlag langsam. Bei der nächsten Ausfahrt wendet er und fährt wieder in Richtung Berlin.

8. Kapitel

Ein langer Flur taucht vor ihm auf. An den Wänden sind in einem Abstand von 2 Metern Kerzen angebracht. Ansonsten ist es dunkel. Der Flur scheint unendlich lang zu sein und ein Ende ist nicht zu erkennen. Christoph läuft. Er läuft voller Panik immer schneller. Immer wieder sieht er sich um und bemerkt, dass die Kerzen hinter ihm nach und nach ausgehen. Entweder sie werden durch irgendwas verdeckt oder sie gehen einfach aus. Auf jeden Fall ist da etwas. Oder irgendjemand. Er sieht wieder nach vorne und läuft noch schneller. Ein Baby schreit. Er läuft noch schneller. Eine Frauenstimme sagt etwas Unverständliches hinter ihm. Maria. Das Baby schreit lauter und jemand packt ihn an der Schulter. Er schreit laut auf und wird plötzlich herumgerissen. Er sieht in die bodenlos schwarzen Augen des schwarzen Hünen und versucht sich loszureißen. Panisch versucht er noch lauter zu schreien, doch außer einem erstickten Laut kommt nichts aus seinem Mund. Der Hüne schüttelt ihn. „Chris", ruft der Hüne. „Chris, was ist los?"

Mit einem letzten Schrei schlägt er die Augen auf und sieht in Alexanders Gesicht. Panisch sieht er ihn an. In Christophs Schädel pulsiert ein Meer aus Schmerzen und sein Herz droht zu explodieren. „Alter... Was ist los? Hast du Drogen genommen?" Alexander schüttelt Christoph jetzt heftig. „Was ist los?" Christoph setzt sich auf und sieht sich panisch um. Alles in Ordnung. Ein Albtraum. Er sitzt in seinem Bett und ist schweißgebadet. Ein schlechter Traum. „Alles in Ordnung", sagt er. Er versucht zu lächeln, doch gelingt ihm nur ein verzerrtes Grinsen. „So sieht mir das aber nicht aus. Soll ich dich ins Krankenhaus fahren?" Christoph schüttelt langsam den Kopf. „Es ist vorbei. Ich bin hier. In Berlin. Scheisse...." Er lässt sich zurück aufs Sofa fallen. Erleichtert holt er tief Luft. Er muss plötzlich lachen. „Du hast mir noch nicht erzählt was passiert ist. Du warst doch in diesem Gasthaus Fläming. Was ist da passiert? Du wirkst", Alex sucht nach den richtigen Worten, „so ganz anders." Bei den Worten *Fläming* zuckt Christoph zusammen. Er sieht das Gemälde der alten Frau vor seinem inneren Auge. Er spürt wie sich die kleinen Härchen auf seinen Armen aufstellen. „Ich weiß selber nicht was passiert ist. Das glaubt mir niemand." Er zögert. „Ich brauch was zu trinken. Das war krass." Er schlägt die Decke zur Seite und steht auf. Alexander sieht ihm besorgt nach während Christoph in die Küche geht. Dann sieht er auf die Uhr. Es ist gleich halb drei Nachts.

Ungefähr 30 Minuten nach dem Anruf, in dem Christoph ihm mitgeteilt hatte, dass er in einem Gasthaus Fläming absteigen wollte, rief er erneut an. Doch so wie er am Telefon redete, hatte er ihn noch nie erlebt. Er sei wieder auf dem Weg nach Berlin. Er schrie es. Panisch. Er fragte immer wieder nach der Polizei. Und dass ein Baby tot sei. Der Rest war zu laut und unverständlich. Alexander konnte noch verstehen, dass er jetzt auf dem Weg zu ihm nach Berlin war und ein paar Stunden brauchen würde. Dann wurde das Gespräch beendet. Wie sich hinterher herausstellte, war der Akku in Christophs Handy endgültig leer. Wenig später war er dann angekommen und legte sich gleich ohne etwas zu sagen aufs Sofa. Er lag da. Mit weit geöffneten Augen. Gleich wolle er erzählen. Er brauche nur eine kurze Pause. Dann war er eingeschlafen. Alexander hatte eine halbe Stunde beobachtet wie Christoph sich hin und herwarf. Bis er jetzt schreiend aufgewacht war.

Alexander geht zu Christoph in die Küche und öffnet ein Bier. Er hält es Christoph hin. Als dieser nicht reagiert und nur aus dem Fenster starrt, drückt Alexander ihm das eiskalte Bier in die Hand. Eine 0,33 Dose die von gestern Abend übrig geblieben war. Christoph zuckt leicht zusammen und starrt weiter aus dem Fenster. Dann bemerkt Christoph das Bier und leert es in einem Zug. „Kann es sein, dass ein Traum so real

ist, dass man denkt, dass es Wirklichkeit ist? Obwohl es nie passiert ist?"
Christoph sieht Alexander fragend an.

„Du glaubst nicht was", sagt er zögernd und setzt sich langsam auf
den Küchenstuhl und zuckt dann zusammen. Etwas ist in seiner Tasche.
Es drückt. Mit einem lauten Ächzen holt er einen Schlüssel hervor und
legt ihn auf den Tisch. 216. Er zittert und sein Herz klopft wieder bis
zum Hals. Alexander nimmt den Schlüssel und betrachtet ihn. Ein
schwerer, alter Schlüssel mit einer Zimmernummer auf dem Anhänger.
Kunstvoll eingraviert.

Christoph atmet schwer. „Ist der von dem Hotel? Alter, wenn du
nicht gleich sagst was los ist." Alexander baut sich vor ihm auf. „Jetzt sag
endlich. Alter..." Christoph dreht sich zu Alexander und sieht ihm in die
Augen. Tränen laufen über Christophs Gesicht. Er zittert. Er schlägt
Alexander den Schlüssel aus der Hand und wirft schreiend die Bierdose
in die Ecke. Er holt tief Luft. Er erzählt.

9. Kapitel

Ein paar Stunden später sitzt Christoph auf dem Rücksitz eines Polizeiwagens auf der Autobahn in Richtung Nürnberg. Die gleiche Strecke die er letzte Nacht gefahren war. Er sieht aus dem Fenster und muss an das Gespräch mit Alexander denken. Das was er erlebt hat war mehr als Bizarr und unglaublich. Nach Alexanders Reaktion zu urteilen, war Christoph auf irgendwelche Drogen reingefallen. Was genau hatte er eigentlich erlebt? Wenn er es denn erlebt hat. Da ist er sich nicht sicher. Aber der Schlüssel. Und er hat eine leichte Beule auf seiner Stirn, kann sich aber nicht erinnern wie die dahin gekommen ist. *Als er aus dem Opfersaal stürzte natürlich.* Vielleicht hat er sich gestoßen und kurz das Bewusstsein verloren? Dann hat er zusätzlich einen tiefen Stich in seinem rechten Zeigefinger *mit dem er mit seinem Blut seinen Vertrag unterschrieben hat.* Überzeugt hat die Polizei schließlich der Schlüssel und die, für ihn banale, Diebstahlmeldung seines Laptops. Den hat er dort auf dem Bett liegen gelassen. Gesagt hat er der Polizei allerdings, dass ihm der Pförtner des Hotels den Rucksack gestohlen hat. Dessen sei er sich sehr sicher. Er musste die Polizei bewegen mit ihm dorthin zu fahren. Er muss sicher sein, dass das alles kein Traum gewesen war.

Die beiden Polizisten, ein älterer dicklicher mit Vollbart und ein ganz junger der mindestens zwei Meter groß ist, sahen sich mehr als einmal verstohlen an als er ihnen die Geschichte erzählte. Sie glaubten ihm nicht. Würde er solch eine Geschichte glauben? Himmel, er glaubte es ja selbst kaum. Aber es war passiert. Ganz sicher. Den Verlust des Laptops bemerkte er als er den Polizisten Fragen beantwortete.

Die Polizisten weigerten sich zunächst, entschieden sich aber dann gleich mit ihm hinzufahren. Zusätzlich forderten sie einen zweiten Einsatzwagen an welcher unterwegs warten sollte um dann gemeinsam hinzufahren. Christoph soll ihnen genau zeigen wo es ist. Ein Gasthaus

Fläming oder ein Hotel Fläming gibt es nämlich nicht. Was allerdings interessant ist, ist die Tatsache, dass seit gestern eine Frau in dem Gebiet als vermisst gemeldet wurde, welches Christoph beschrieben hatte. Sonja Helmsdorf, 28 Jahre. Sie war dort mit ihrem Opel Kadett liegengeblieben. Zeugen hätten sie wohl noch bei Ihrem Auto kurz vor einer Ausfahrt gesehen. Am nächsten Morgen war das Auto aber leer und die Frau unauffindbar. Ein Hubschrauber und viele Polizeibeamte hatten schon vormittags das Gelände abgesucht. Für Nachmittags war eine Hundestaffel vorgesehen. Jetzt war es mittags.

Einige Kilometer vor der Ausfahrt, so wie Christoph sie in Erinnerung hat, liegt die Station der Autobahnpolizei. Hier müssen sie kurz halten um sich mit den anderen abzusprechen. Dann geht es weiter. Ein weiteres Fahrzeug folgt ihnen. Christoph erkennt die Ausfahrt sofort, kann aber auf dem ganzen Weg bis dahin keine Werbetafel für das Gasthaus erkennen. Aber es war da gewesen. Gleich nach der Burger King Werbung. Wie hätte er sonst gewusst wo er rausfahren sollte?

Sie fahren langsam den langen Waldweg. Tagsüber sieht es hier sehr friedlich aus. Auch sind hier andere Fahrzeuge unterwegs. Spaziergänger sowie Radfahrer machen es unmöglich hier so schnell zu fahren wie er es gestern gemacht hatte. Mit seinem Audi war er letzte Nacht deutlich schneller unterwegs. Nach fast vierzig Minuten Waldweg kommen sie an die Stelle an der es in einer langgezogenen Kurve bergauf geht. Auch hier sind keine Schilder. Gestern waren dort allerdings welche. Das Schild über der Straße, das wie ein Torbogen aufgebaut gewesen war, ist ebenfalls verschwunden. Christoph schüttelt der Kopf. Gut, dass er mit insgesamt vier Polizisten hier ist.

Der Weg endet, wie auch letzte Nacht, auf einem Plateau. Jetzt stehen hier aber keine Autos. Ein verrostetes Fahrrad ohne Vorderrad lehnt angeschlossen an einem Baum und eine Sitzgruppe aus Holzstühlen und –bänken, die die besten Jahre schon hinter sich hatten, stehen verloren auf der großen Fläche an ungefähr der Stelle, an der gestern Abend ein

BMW geparkt hatte. „Das hier war der Parkplatz?" Der Bärtige Polizist brummt die Frage zu Christoph ohne sich umzudrehen. Christoph nickt und sagt dann: „Ja. Hier standen auch Autos." Seine Stimme klingt selbst für ihn ungläubig. So überzeugt er niemand. Aber muss er das? Insgeheim will er eigentlich nur wieder hierher um zu sehen, ob das alles ein Traum war oder nicht. Er braucht Gewissheit. Und so wie es aussieht, war es ein Traum.

Der Polizeiwagen fährt einen großen Bogen und steht nun direkt vor einem teilweise zerfallenen Gebäude. Es ist zuerst schwer zu erkennen. Christoph sieht entsetzt auf die Außenmauern. Es sieht genauso aus wie letzte Nacht. Nur ist es jetzt zum größten Teil zerfallen. Auf der rechten Seite gibt es keinen Turm mehr. Auf der linken Seite steht noch ein Ansatz von einem Turm. Die Fenster auf der Vorderfront sind alle mit Brettern verschlagen und zum größten Teil vergittert. Die große Tür ist jetzt keine massive Holztür sondern eine große Stahltür mit einer dicken Kette. Die Polizisten steigen aus und Christoph folgt ihnen. „Also hier drin wurde ein Baby ermordet und ihr Laptop gestohlen?" fragt der Bärtige. Christoph nickt. Mit offenem Mund starrt er auf die Außenmauern. Der große Polizist geht zur Tür und rüttelt daran. „Die Kollegen sollten einen Schlüssel haben", sagt der Bärtige und Christoph bemerkt, wie zwei Polizisten aus dem Auto steigen welches ihnen gefolgt war. Polizistinnen, verbessert sich Christoph. Zwei Frauen, beide ungefähr Mitte vierzig. Eine groß mit einem blonden Pferdeschwanz und großer Oberweite und die andere kurze Haare, Lippenpiercing und gar keine Brust. Aber hübsch, wie Christoph feststellt. Seit wann dürfen Polizisten ein Piercing haben? Die Polizisten begrüßen sich, tauschen den üblichen kurzen Smalltalk aus und fassen kurz zusammen warum sie hier sind. Die Frauen schauen immer wieder zu der Tür und zu Christoph. Fragen stellen sie keine.

„Herr Wolmart. Wir werden jetzt die Tür öffnen", sagt die mit den großen Brüsten. „Wir werden in das Gebäude vorgehen und Sie bleiben bitte hinter uns. Sollte Ihnen etwas auffallen oder bekannt vorkommen lassen Sie es uns wissen." Sie holt ihr Handy aus der Tasche, schaltet das Display ein und fährt fort. „Das hier war vor Jahrzehnten ein Krankenhaus für Neurologische Frührehabilitation. Seit 1982 steht der Kasten hier leer." Mit diesen Worten deutet sie auf die verschlossene Tür. „Davor war das mal ein Hotel. Aber lange bevor sie geboren wurden", fährt sie fort. „Offen gesagt glauben wir nicht, dass Sie hier drin waren." Sie geht jetzt zur Tür und betrachtet das schwere Schloss genauer. „Um den Bericht allerdings abzuschließen werden wir uns das Gebäude aber kurz ansehen. Sie sagen hier drin wurde ihr Laptop gestohlen und auch ein Baby getötet. Haben wir Sie richtig verstanden? Hier drin?" Christoph nickt. Er war hier gewesen. Das ist das Gebäude. Ob die das glauben oder nicht. „Also gut." Die kurzhaarige holt einen Schlüsselbund aus der Tasche und öffnete das Schloss. Sie löst die Kette und mit einem lauten quietschen ziehen die beiden männlichen Polizisten die beiden schweren Türen auf.

Ein Schwall von abgestandener Luft dringt nach draußen. Aber insgesamt ist es hier viel friedlicher als gestern. Es ist ein ganz normales Gebäude. Im vorderen Teil ist es dunkel, aber weiter hinten kann Christoph sehen wie Sonnenlicht in die verlassenen Flure scheint. Das Haus muss irgendwo bereits kein Dach mehr haben. Er will grade hineingehen, doch die Polizisten signalisieren ihm, hinter ihnen zu bleiben. Die mit den Piercing bleibt draußen stehen. Alle anderen holen Taschenlampen hervor, reichen Christoph ebenfalls eine und betreten langsam den Flur.

Er folgt den Polizisten in den Korridor. Schimmelgeruch steigt jetzt in seine Nase. Schimmel, nasses Holz und Fäulnis. Die Wände und die Deckenhöhe sind genau wie gestern. Nur hängen an den Decken jetzt Vorrichtungen für Neonröhren. Kabel kommen aus den Wänden und verschwinden wieder darin. Der Boden bestand zuletzt anscheinend aus einer Art Parkett. Doch die Bretter haben sich teilweise gelöst und liegen ungeordnet herum. Das Holz ist an einigen Stellen schon morsch und es sieht so aus, als ob es bei der nächsten Berührung komplett zerbricht. Der Flur, durch den Christoph gestern Abend nach draußen gehetzt war, war genauso lang und endet ebenfalls in einer Art Empfangshalle mit derselben Galerie. Er war definitiv hier gewesen. Aber wie war das möglich? Ein kaputter Rollstuhl, der nur noch aus einem rostigen Gestell besteht, liegt im Flur und versperrt ihnen den Weg. Auf einigen Wänden kann man verblasstes Graffiti erkennen. Der Boden knackt und knirscht bei jedem Schritt. Wie auf einem alten Schiff. In der Empfangshalle ist ein größerer Glaskasten gebaut worden in dem wohl ein Pförtner gesessen haben musste. Jedenfalls ist das Drahtgestell noch zu sehen an dem teilweise noch winzige Scherben hängen. Es sieht etwas anders aus als gestern Nacht wie Christoph feststellt. Glas liegt in tausend winzigen Scherben auf dem Boden verstreut. AUFNAHME steht auf einem verblichenen Schild welches mittlerweile am Boden liegt. Die Sofaecke existiert nicht mehr. Stattdessen stehen dort zwei alte, verrostete Bettgestelle wovon eins nur noch schwer als solches erkennbar ist. Die Treppe die hinter der Rezeption nach oben führt, ist jetzt viel schmaler als gestern und nicht mehr aus Holz. Von oben strahlt Sonnenlicht durch eine verdeckte Öffnung nach unten. Die Galerie ist auch noch da und die Türen an den Wänden oben sind ebenfalls verrostete Stahltüren und sehen verschlossen aus. Links von der Rezeption befindet sich kein Treppengang mehr nach unten. Hier ist einfach eine Wand. Wo gestern noch die große Standuhr war, liegt ein alter, verrotteter Bürostuhl am Boden. Christoph sieht nach rechts wo gestern Abend noch die große Saaltür gewesen war. Hier hängt ein altes, verblichenes schwarzen Tuch das wie ein Bettlaken aussieht. Ein Bettlaken für Riesen das mehrere Meter der Wand bedeckt. Er tritt etwas näher und versucht zu erkennen was das Laken verdeckt. Er berührt es leicht mit seiner Hand und die Taschenlampenkegel der Polizisten wandern in seine Richtung. „Bitte fassen Sie nichts an." Der Bärtige geht nun auf das Laken zu und zieht leicht daran. Es fällt sofort teilweise zu Boden und Christoph durchzuckt es wie ein Stromschlag. Er keucht und geht einen Schritt zurück. Das Gemälde von gestern hängt immer noch an derselben Stelle. Es ist genauso groß. Genauso breit. Und auch der Rahmen hat dieselben Holzschnitzereien. Er erkennt es sofort. Nur ist es jetzt komplett schwarz. Man kann nicht erkennen was auf dem Gemälde ist. Eine Art Rußschicht bedeckt die gesamte Oberfläche des Gemäldes. Doch Christoph kann die Augen spüren die sich durch die Oberfläche bohren. Sich durch die Oberfläche fressen und ihn anstarren. Fordernd. *Du kannst gehen. Jederzeit. Aber du bist jetzt Mitglied.* Dieser Satz tönt nun deutlich in seinem Kopf.

„Herr Wolmart?" Christoph wird aus seinen Gedanken gerissen. Er merkt wie er ein paar Schritte zurückgegangen war und mit offenem Mund auf das schwarze Gemälde starrt. Schweiß steht auf seiner Stirn. Alle Polizisten sehen ihn fragend an. „Ist das hier der Ort an dem Sie gestern waren?" Dem Tonfall nach scheint der Bärtige seine Frage zu wiederholen. Christoph nickt langsam. Ungläubig reißt er seinen Blick von dem Gemälde und sieht dann zu dem Bärtigen. „Ich", stammelt er. Er sucht nach Worten. Er findet keine. „Gestern Abend war das hier noch ein Hotel", sagt er einfach. „Das hier war der Empfang", sagt Christoph und deutet auf den Haufen Glasscherben. „Aber ich versteh das nicht. Das sah hier komplett anders aus." Er zeigt auf das Gestell von dem Glaskasten. „Das hier war die Rezeption. Und das", er dreht sich zu dem halb herunterhängenden Bettlaken, „war der Eingang zu einem großen Saal." Er nimmt jetzt das Laken in die Hand und zieht daran. Er beendet das, was der Polizist begonnen hatte. Das Tuch ist feucht und glitschig doch er packt es fester und zieht daran. Der junge, große Polizist kommt schnell zu ihm. „Bitte, Sie dürfen hier nichts anfassen. Lassen Sie mich das machen." Doch bevor der Große das Laken packen kann, fällt es nach unten wie ein nasser Sack. Da wo gestern Abend noch eine Tür war, ist nun eine schwarze Öffnung. Die

Tür sowie der Türrahmen sind nicht mehr vorhanden. Man kann allerdings sehen, dass hier nachträglich eine schwere Metalltür angebracht worden war, welche zum größten Teil aus Glasfenstern besteht. Die Rahmen dieser Türen sind nach innen gedreht und Glas liegt davor.

Christoph geht wieder instinktiv ein paar Schritte zurück. Die Polizisten kommen zu ihm und reißen mit ihren Lampen weiße Kegel in die Dunkelheit. Bänke und Stühle. Ein Chaos aus Wartezimmermöbel empfängt sie. Die Scherben knirschen unter ihren Füßen als sie den Raum betreten. Der Raum ist jetzt kleiner als gestern Abend. Hier wurde nachträglich eine Wand eingebaut die den Raum in zwei auftrennt. Wie auch im Empfangsraum besteht der Boden hier aus Holz und ist nicht mehr als Parkett oder ähnlich erkennbar. An einigen Stellen sind sogar Pfützen zu sehen. Der Modergeruch ist hier besonders stark. „Die Wand war gestern noch nicht da", sagt Christoph und deutet auf die Wand zu seiner linken. *Dahinter ist die Bühne mit diesem grässlichen Ding. Der Opferaltar.* Die Haare an seinen Armen stellen sich auf. Ihm wird plötzlich kalt. Das Bild der Frosch-Mensch Kreatur mit den Tentakeln zuckt durch seinen Kopf. Die Polizistin geht zu der Wand und klopft dagegen. Hohl. „Die ist wohl nachträglich eingebaut worden", sagt sie und beginnt mit der rechten Faust an verschiedenen Stellen auf die Wand zu klopfen. Neugierig kommt auch der Bärtige hinzu. Der Große ist damit beschäftigt die Möbel mit seiner Lampe abzutasten. „Holz", sagt der Bärtige und drückte neugierig gegen die Wand. „Dahinter ist eindeutig ein Raum", sagt die Blonde. „Aber das müssen Profis", sagt sie doch weiter kommt sie nicht. Ihr letzter Faustschlag reißt ein Loch in die Wand. Sie zuckt zurück. Kalte, abgestandene Luft kommt aus dem Loch. Sie tritt näher und leuchtet hinein. „Genauso ein Chaos wie hier", murmelt sie. „Allerdings etwas aufgeräumter." Der Bärtige tritt hinzu und drückt gegen die Wand neben das Loch um es zu vergrößern. Das Holz gibt sofort nach und keine 5 Minuten später ist das Loch groß genug um gebückt durchzugehen. „Was ist drin?" Christophs Stimme zittert und er wagt es nicht weiter in den Saal zu gehen. *Du kannst nie mehr gehen.* Marias Stimme erklingt in Christophs Kopf.

Der Bärtige und die Blonde stehen beide vor dem Loch und leuchten hinein. „Sofa, Stühle, Bilder." Zählte der Bärtige auf. „Halt mal", sagt die Blonde und reicht dem Bärtigen die Lampe. Sie steigt durch das Loch in den Raum und der Bärtige reicht ihr die Lampe. „Vorsichtig", mahnt er sie. „Hier ist alles morsch."

„Herr Wolmart?" ruft die Blonde aus dem Raum. Ihre Stimme klingt weit weg. „Kommen Sie mal bitte. Kommt Ihnen das bekannt vor?" Christoph zögert und kommt dann langsam zu der Öffnung und sieht hinein. Zwei Meter hinter der Wand sieht Christoph eine Stufe die den Raum in zwei Ebenen aufteilt. Die Bühne. Auf ihr steht ein altes Sofa und darauf einige verschlossene Holzkisten. Neben dem Sofa stehen einige Sessel auf denen sich ebenfalls einige Holzkisten befinden. An den Wänden liegen einige zusammengerollte Teppiche. Eigentlich relativ gut aufgeräumt. Kein Chaos wie der Raum davor. Alt, verrottet, stinkend aber im Grunde aufgeräumt.

„Das ist es", ruft er laut. „Das ist die Bühne. Ich bin hier gewesen. Das war keine Einbildung." Triumphierend sieht er den Bärtigen an. Er hat Recht behalten. Das ist keine Einbildung gewesen. „Nur das hier seit Jahren niemand mehr drin gewesen ist." Der dicke spricht mehr zu sich selbst als zu den anderen. „Jahrzehnten," korrigiert er sich. Christoph leuchtet jetzt in den Raum. Die Blonde steht nun auf der Bühne und leuchtet auf eine der Kisten. „Hier steht eine Nummer drauf. Nummer 14", sagt sie. „Nummer 17 steht daneben." Sie versucht eine zu öffnen. „Ohne Werkzeug krieg ich die nicht auf", sagt sie dann. „Ok", sagt der Bärtige. „ich würde sagen das reicht für heute. Wir kommen nochmal wieder." Er wendet sich an Christoph. „Ich glaube Ihnen. Wenn auch nicht alles, aber ich glaube Ihnen. Das heißt, wir kommen nochmal wieder und werden hier alles auf den Kopf stellen. Allerdings mit Profis die sich mit dem alten Zeug auskennen. Merkwürdig das alles." Er macht eine kurze Pause und leuchtet die Decke ab. Vom Spiegel ist nichts mehr zu sehen. „Fällt Ihnen noch etwas ein?" Die Blonde kommt aus dem Loch in der Wand und steht wieder bei ihnen. Christoph schüttelt mit dem Kopf. Er hat nun die Gewissheit und spürt plötzlich das Verlangen einfach von hier zu verschwinden. Er muss das erstmal verarbeiten. Er spürt einen heftigen Druck auf seiner Magengegend. Er muss hier raus. Wie ist das möglich was er hier gestern erlebt hat?

Sie verlassen den Saal und gehen wieder in die Empfangshalle. „Bettina? Wir kommen jetzt raus. Alles ok", sagt die Blonde in ihr Funkgerät. Bettina quittiert das mit einem „Ok, alles klar". Christoph leuchtet noch einmal auf das große, pechschwarze Gemälde. Da stimmt was nicht. Er fühlt die Präsenz der alten Frau auf dem Bild. Die Blicke. Das durch und durch Böse in den blauen Augen. Er geht näher. Ein paar kleine Streifen sind abgeblättert. Man kann es sehen wenn man direkt davor steht. Er fährt mit dem Finger leicht darüber. Feucht. Das schwarze Zeug ist eine schmierige Schicht die das Bild bedeckt. Die Stelle die er eben noch mit dem Finger berührt hatte, gibt nun einen kleinen Punkt frei der eben noch schwarz war. Langsam breitet sich dieser aus.

„Christoph." Die Stimme von Maria kommt aus dem Gemälde. Eine eisige Hand greift seine Innereien und dreht sie herum. Er stöhnt laut auf, taumelt zwei, drei Schritte zurück und stößt gegen den großen Polizisten. Alle starren nun das Bild an. Die Taschenlampen erhellen gemeinsam eine schwarze Fläche. Um den Punkt den Christoph soeben berührt hat breitet sich kreisförmig eine Fläche aus. Immer größer werdend. Ein Gemälde wird langsam sichtbar. Das Gemälde. Christoph steht da mit offenem Mund und weiß nicht ob er schreien oder weglaufen soll. Er macht einfach nichts. Der Bärtige stößt ein „Mein Gott" aus. Der Große greift instinktiv zu seiner Waffe. Die Blonde geht einen Schritt zurück und stößt gegen das kaputte Bettgestell. Es klappert. Gefahr liegt in der Luft.

Das Bild ist nun fast komplett sichtbar. Neben einer alten Dame, die auf einem Stuhl sitzt, steht eine große schwarzhaarige schöne Frau in einem roten Kleid. Ähnlich dem von letzter Nacht. Ihre blauen Augen blicken Christoph an. Nicht die anderen. Sie sehen direkt zu Christoph und sie lächelt. „Ich wusste du kommst zurück. Freiwillig." Die Schwarze Schicht ist nun komplett verschwunden. „Was in Gottes Namen", stammelt die Blonde. Der Bärtige kreuzigt sich.

Die alte Dame sieht nun ebenfalls zu Christoph und lächelt. Gutmütig. Maria bewegt sich und kommt einen Schritt nach vorne. Der Große hebt zitternd seine Waffe und deutet auf Maria. Er schreit jetzt. Maria bewegt sich ruckartig. Fast wie ein Roboter bei dem jede Sekunde die Gelenke einfrieren. Sie kommt nach vorne. Zitternd. Ruckartig. Und beugt sich vor. *Aus dem Gemälde hinaus.* Jetzt schreit auch Christoph. Der Große schießt auf das Gemälde. Panisch. Zweimal. Er trifft. Doch die Kugel geht einfach durch Maria hindurch und bleibt in der Wand dahinter stecken. Falls es ihr etwas ausmacht, sieht man es ihr nicht an. Sie hat sich nun komplett aus dem Gemälde befreit und steigt auf den Flur. Ruckartig. Sie dreht sich zum Gemälde um und streckt ihre Hand hinein. Die alte Dame ergreift die Hand und steht auf. Sie bewegt sich ebenfalls nach vorne. Wieder schießt der Große. Das gleiche Ergebnis. Die Alte klettert nun auch unbeholfen aus dem Bild. Die Polizisten und Christoph schreien jetzt nicht mehr. Alle starren die beiden Frauen an die eigentlich gar nicht da sein dürften. Jetzt stehen die beiden Frauen aus dem Gemälde nebeneinander und drehen sich langsam zu den vieren um. Der Große hebt wieder die Waffe. Doch er hält plötzlich inne. Die beiden Frauen starren ihn an und er lässt plötzlich die Waffe fallen. Er will schreien, doch Blut gurgelt aus seinem Mund und er bricht zusammen. Erstickende und würgende Laute kommen aus seinem zuckenden Kopf. Sein ganzer Körper bäumt sich noch einmal auf und bleibt dann regungslos liegen.

Panisch läuft die Blonde los in Richtung Tür. Doch ihr Körper hält plötzlich in der Bewegung inne und sie knallt der Länge nach auf den Boden. Sie versucht sich aufzurichten doch ihr Körper gehorcht ihr nicht. Maria und die Alte starren die Blonde an die bäuchlings vor ihnen liegt. Langsam dreht die Blonde den Kopf zu ihnen. Ihre Augen sind panisch geöffnet. Der Kopf dreht sich weiter. Unnatürlich. Die Blonde will schreien doch der Kopf ist anatomisch schon so unmöglich verdreht, dass ihre Kehle keinen Laut mehr herausbringen kann. Im nächsten Moment ertönt ein lautes Knacken und ihr Körper erschlafft.

Inzwischen hebt der Bärtige abwehrend die Hände während er langsam ein paar Schritte zurückgeht. Glas knirscht unter seinen Schuhen. Maria geht auf ihn zu. Der Bärtige zieht seine Waffe. Doch anstatt sie auf Maria zu richten hebt er sie höher. Er verdreht das Handgelenk und die Waffe zeigt nun direkt auf seine Stirn. Mit aufgerissenen Augen sieht der Bärtige von Maria zur alten und wieder zu Christoph. Panisch öffnet er den Mund doch in diesem Augenblick krümmen sich seine Finger und ein Schuss peitscht durch die alten Gemäuer. Der Hinterkopf sowie einige Körperflüssigkeiten spritzen nach hinten an die Wand und der Bärtige bricht zusammen. Klappernd fällt die Pistole auf den Boden.

Maria und die Alte wenden sich zu Christoph. Der steht da wie gelähmt. „Komm", sagt Maria. „Er wartet schon auf dich." Sie legt lächelnd den Kopf auf die Seite und ergreift Christophs Hand.

Epilog

Polizeimeisterin Bettina Ostermeier hörte Schreie und einen Schuss innerhalb des Gebäudes. Sie rief sofort Verstärkung und wartete wie vorgeschrieben mit gezogener Waffe vor der Tür. Man fand die Leichen der drei Polizisten. Von Christoph Wolmart fehlte zunächst jede Spur. Ein paar Tage später fanden ihn Spaziergänger im Wald weit unterhalb der Ebene des stillgelegten Krankenhauses. Er war physisch den Umständen entsprechend gesund. Unterkühlt, dehydriert aber nicht ernsthaft verletzt. Seine Kleidung war zerrissen und total verdreckt. Er schien um Jahre gealtert zu sein wie sein Freund, Alexander Kranich später bei der Polizei zu Protokoll gab.

Christoph war über Monate nicht ansprechbar und starrte einfach nur geradeaus. Man brachte ihn in eine psychiatrische Klinik und es dauerte Monate intensiver Therapie bis er die ersten Worte rausbrachte. Jede Nacht schrie er wie von Sinnen und einige der Nachtschwestern meinten, dass sie manchmal einen schwarzen Mann bei ihm gesehen hätten. Andere sagten, dass sie nachts eine alte Frau an seinem Bett sitzen sahen. Sobald sich das Pflegepersonal bemerkbar machte, verschwanden sie. Christoph Wolmart sagte hierzu nichts. Später waren die einzig erkennbaren Worte die er schrie: *Auschecken*, oder *Ich checke aus*. Oft stand er schweißgebadet in der Ecke seines Raumes und wiederholte etwas wie: *Diese Augen. Bitte mach dass diese Augen verschwinden.* Manchmal war er guter Dinge und erklärte den Schwestern, dass er ausgecheckt habe und nun alles in Ordnung sei. Nach ein paar Tagen fing das Geschrei allerdings wieder von vorne an. Einmal erklärte er, dass wir alle Menschen essen ohne es zu wissen. Mit den entsprechenden Gewürzen schmecke es nicht mehr wie Hühnchen. Denn mit Gewürzen kenne er sich aus. Seinen Freund Alexander schickte er immer wieder weg. *Er soll in Sicherheit blieben und das Hotel meiden. Auf jeden Fall das Hotel meiden,* wiederholte er immer wieder. Auch nach Wochen war sein Zustand unverändert und mittlerweile interessierten sich die ersten Universitäten über diesen so ungewöhnlichen Patienten.

Zum letzten mal wurde er am Abend des 31. Oktober 2017 gesehen als das Pflegepersonal, angelockt durch lautes Geschrei, sein Zimmer stürmte. Er saß mit aufgerissenen Augen aufrecht in seinem Bett und war nicht mehr ansprechbar. Das Pflegepersonal verließ kurz das Zimmer um sich mit dem diensthabenden Arzt zu beraten wie sie hier weiter vorgehen sollten. Solch eine Art Schockzustand waren sie von Christoph Wolmart nicht gewohnt. Als sie das Zimmer wieder betraten war Christoph spurlos verschwunden. Eine sofort angelegte Suchaktion, sogar mit Unterstützung der Polizei, blieb ergebnislos.

Nach dem dreifachen Polizistenmord durchsuchte man das Gebäude über mehrere Tage. In dem Raum, den Christoph und die drei Polizisten gefunden hatten, fand man allerlei Gegenstände die nichts mit einem Krankenhaus zu tun hatten. Vermutlich stieß man auf diese während des Umbaus und hatte die zuerst dort provisorisch eingelagert. Später wurden diese dann einfach vergessen. Das Meiste war in nummerierten Kisten verpackt. Hauptsächlich waren dort gut sortiert viele alte Dokumente und Gemälde zu finden. Und mehrere Zimmerschlüssel, die allerdings in kein Schloss mehr passten, waren ebenfalls vorhanden. Die Nummer 216 fehlte. Aus den Dokumenten ging hervor, dass das Hotel, oder auch Gasthaus, schon sehr lange existierte. Vier Kisten mussten mit Gewalt geöffnet werden. Diese waren aus schwerem Eichenholz und Metallbeschlägen die eine einfache Öffnung nicht erlaubten. Jede der Kisten war mit einem alten schweren Schloss verriegelt. In diesen Kisten fand man jede Menge Holzpuppen. Mehrere hundert dieser Puppen die alle unterschiedlich aussahen. Keine ähnelte der anderen. Manche waren kunstvoll bekleidet. Einige waren größer als die anderen und wiesen menschliche Züge auf.

Der erste Eintrag war auf einem kaum noch lesbaren Holzstich von 1248 n. Chr. An diesem Datum wurde das erbaute Schloss des Grafen von Aschersleben durch ihn mit seiner Familie bezogen und weiter ausgebaut.

Die nächste gut erhaltene Inschrift war in einem ordentlich zusammengerollten Teppich eingewebt. Diese stammte vom 14. Juli 1250 n. Chr. An diesem Tag wurde das Gasthaus nach dem rätselhaften Tod des Grafen durch die Frau Gräfin in das berühmte Gasthaus Fläming umgebaut.

Die ersten schriftlichen Belege auf Papier waren Listen von Gästen mit dem jeweiligen Datum ihres Besuchs. Die Liste war lang und las sich wie ein Geschichtsbuch der Herrscher und Adelshäuser der Städte Cottbus, Leipzig, Magdeburg und Berlin. Grafen, Marktgrafen, Fürste, Herzöge, Magistraten und Könige waren dort immer wieder zu Gast. Hochzeiten und Geburtstage wurden hier fast wöchentlich gefeiert.

Ein halb vermodertes und kaum noch lesbares Gästebuch aus den letzten Jahrhunderten enthielt ausschließlich lobende Worte für die hervorragende Küche. So ging es weiter. Jede Kiste war ein Schatz historischen Ausmaßes und würde die deutlich großen Lücken der bisher bekannten Geschichte fast gänzlich schließen. Der letzte Eintrag war schließlich von 1928. Zeitungsartikel der Berliner Zeitung aus dem Jahre 1925, die gesammelt und in weiteren Kisten gefunden wurden, besagten, dass die hohe Anzahl der vermissten Anwohner, hauptsächlich jugendliche Mädchen, aus der Gegend ein Grund zur Sorge der Berliner Regierung war. Man durchsuchte mehrfach das Anwesen, fand aber nie Hinweise die mit dem Verschwinden im Zusammenhang standen. Dann, am 24. September 1927, fand man ein verstörtes Mädchen Namens Johanna Breigau in der Nähe des Gasthauses. Sie berichtete, dass sie und ihr Bruder von einem schwarzen Mann während eines Spaziergangs entführt wurden. Sie wurden getrennt und danach hatte sie ihren Bruder nie wieder gesehen. Man hatte Sie in den Keller des Hotels gesperrt und ihr gelang schließlich die Flucht durch ein labyrinthartiges Kellersystem welches sich unter dem Gasthaus befand und durch eine Öffnung in dem Waldstück endete. Daraufhin durchsuchte man wieder das Anwesen und fand schließlich die Kleidung des Jungen.

Ein Schreiben vom Reichsgericht Leipzig im Jahre 1927 besagte, dass man Frau Gräfin Bartholy unter strenger Beobachtung halte. Das Gasthaus werde man schließen und man würde es erst nach längerer Prüfung die Gestattung einer Eröffnung wieder in Erwägung ziehen. Eine Erklärung der Gräfin wurde angekündigt, war aber nicht zu finden.

Die Anwohner der umliegenden Dörfer ließen sich allerdings nicht beruhigen. Ein Flugblatt rief alle kräftigen und entschlossenen Männer der umliegenden Dörfer in der Nacht zum 12. März 1928 auf sich zu versammeln. Man wolle die Werke Satans in Gestalt der alten Hexe ein für alle Mal beenden.

Archive der Berliner Zeitung gaben her, dass niemand den Brand des Gasthauses überlebt hatte. Was allerdings merkwürdig war, dass es nicht nur Bewohner des Gasthauses waren die bei der Stürmung eben dieses gestorben waren. Es waren auch sechs Männer des Trupps, unter ihnen auch ihr Anführer, Heinrich Freymann, die bei dem Brand ums Leben kamen. Man vermute einen Zusammenhang zwischen dem Aufruf der alten Hexe Einhalt zu gebieten und dem Brand. Beweise gab es keine.

Die nächsten sechs Jahre stand das Gebäude leer und niemand traute sich auch nur in die Nähe des Hügels. Ab 1934 wurde in dem Anwesen eine Nervenheilanstalt eröffnet. Anwohner wehrten sich zu Anfang gegen die Einrichtung einer sogenannten Klapsmühle an einem Ort, an dem die Geister umgingen, ließen sich dann aber überzeugen da sichergestellt werden konnte, dass niemand das Gelände verlassen kann. Der Normalbetrieb wurde ab 1939 durch den Chefarzt Dr. Krause so umgestellt, dass eine Heilung der Patienten nicht mehr nötig war. Es diente der Forschung und ein langer Zeitungsartikel schrieb unter anderem, dass dort fast nur noch Menschenversuche durchgeführt wurden. Man dachte, dass man durch eine Art der Lobotomie in Kombination mit alten, rituellen Versammlungen die übernatürlichen Begabungen des Menschen freilegen könne. Berichte über mehrfach erfolgreich durchgeführte telepathische und telekinetische Experimente waren in einem Inhaltsverzeichnis erwähnt, fehlten jedoch in der Sammlung. Ein letzter Zeitungsartikel aus der Zeit beschrieb das mysteriöse Verschwinden aller Bediensteten der Nervenheilanstalt über Nacht. Die Patienten waren alle unversehrt.

Von 1945 bis 1951 war das Gebäude wieder leer und die Klinik wurde 1951 von Chefarzt Prof. Dr. von Braslow wieder in Betrieb genommen. Bis 1982 war das eine gut laufende Klinik für neurologische Frührehabilitation. 1982 war das Jahr, als man durch notwendige Renovierungsarbeiten auf Kellergewölbe stieß, die einen Einblick in die Geschichte des Gebäudes freilegten. Dr. von Braslow schien Interesse an dem Gebäude zu finden und mit hoher Wahrscheinlichkeit ist es ihm zu verdanken, dass dieses vorliegende Archiv existiert.

Nach einem unerklärlichen Blutbad zwischen Patienten, Ärzten und Pflegepersonal wurde das Gebäude 1983 endgültig geschlossen und nie wieder genutzt. Hin und wieder hörte man von Jugendlichen, die ihre Gothic- und Gruselpartys in diesem Gebäude abhielten. 1997 wurde ein illegal organisiertes Festival in diesem Gebäude durch die Polizei aufgelöst. Bands aus Frankreich und Portugal waren extra dafür angereist. Seitdem führten regelmäßige Polizeistreifen an dem Gebäude vorbei und es wurde wieder still bis es ganz in Vergessenheit geriet. Hin und wieder verirrten sich Fotografen in die Gegend um sogenannte verlassene Orte abzulichten.

Ab 2012 hörte man wieder vom überdurchschnittlich vielen Verschwinden von Menschen in der Gegend und die älteren Einwohner fingen wieder das Reden an. Und jetzt, seit dem dreifachen Polizistenmord, war das Gebäude wieder in den Fokus der Bevölkerung gerückt. Mehrfach wurde das Gebäude durchsucht. Zeitungsartikel und

YouTube Videos tauchten auf. Selbsternannte Geisterjäger versuchten dem Ganzen auf die Spur zu kommen.

Neben dem versteckten Raum, den Christoph und die drei Polizisten schon gefunden hatten, fand man hinter einer Wand in der Eingangshalle einen alten Treppendurchgang nach unten. Dieser schien sehr alt und war baufällig. Allem Anschein nach war dieser Durchgang sehr lange nicht mehr benutzt worden. Experten waren sich einig, dass dieser Durchgang auf jeden Fall seit 1928 nicht mehr benutzt worden war. Unten fand man allerlei Gegenstände die nötig wären, um ein Gasthaus dieser Größe einzurichten. Zusätzlich aber auch viele Gegenstände nicht zuzuordnen waren. Einige waren sehr alt. Ein Museum nahm sich dieser Gegenstände an. Rituelle Gegenstände, hauptsächlich keltischer Art, waren reichlich vorhanden. Messer, Dolche und auch viele Kelche. Sehr viele mit Gravuren und auch teilweise mit kunstvollen Bemalungen. Am interessantesten war ein eine Art Altar, der nicht so recht zugeordnet werden konnte. Die Mechanik war nicht mehr funktionstüchtig, aber Ingenieure der TU Berlin, die übrigens auch ein Katapult der Römer 1:1 nachbauten und sich damit einen guten Ruf erarbeitet hatten, schafften es, diesen Altar nachzubauen und die Funktionsweise wiederherzustellen. Durch das Bewegen der Gliedmaße der Frosch ähnlichen Kreatur wurde zwei Steinplatten in der Mitte zusammengedrückt. Wenn an jedem der Gliedmaße ein Mensch drücke, könne eine Kraft von bis zu einer Tonne einen Gegenstand zwischen den Platten zerquetschen. Man fand heraus, dass man hier an die 50 Orangen auf einmal auspressen könnte, was auch ein Video auf YouTube aus dem Wissenschaftlichen Bereich der TU Berlin belegt. Die Flüssigkeit wird in einer Rinne aufgefangen und durch eine ebenfalls vorhandene Leitung zu einer Öffnung geführt unter die ein Gefäß passt.

In einer kaum noch lesbaren Ausgabe eines Buches über alte und längst ausgestorbene Kulte aus aller Welt von 1839, welches als letztes Exemplar in Deutschland im Original in Düsseldorf einsehbar ist, gibt es

Beschreibungen und Skizzen eines sehr alten, keltischen Stammes welche an ein ewiges Leben glaubt. Man würde dieses erlangen, in dem man das Blut eines Neugeborenen trinke und somit dem Stamm, manche Experten übersetzten das Wort auch als Familie, beitreten würde. Zusätzlich müsse man im Blut der Unschuldigen getauft werden. Skizzen von Überresten eines Stammes welche man tief in einer Höhle in den Österreichischen Alpen gefunden hatte, zeigten genau die gleichen Muster und Symbole die man auf den Kelchen und Dolchen fand. Diese keltischen Kulte unterschieden sich deutlich von den traditionellen Stämmen und Familien. Es wurden böse Götter verehrt. Kulte, die eindeutig das Ende der Menschheit heraufbeschwörten um alleine auf der Erde zu herrschen. Ob es Zusammenhänge mit den Funden in den Kellern des alten Krankenhauses und dem Kult gibt, kann man nicht mit Sicherheit genau sagen.

In einer letzten Kiste fand man viele Gemälde mit unbekannten Personen. Immer wieder taucht eine ältere Frau auf und man vermutet, dass es die sogenannte Gräfin von Bartholy gewesen sein muss. Andere Quellen zu dieser Frau gibt es nicht. Ein Bild allerdings gibt den Forschern Rätsel auf. Das Datum ist schwer auszumachen und Experten vermuten, dass es sich um das Jahr 1908 bis 1912 handelt. Man könne dieses aufgrund des Fotopapiers und der Zusammensetzung der Schwarzweiß Fotografie sagen. Auf diesem Bild sitzt die schon bekannte ältere Frau auf einem Stuhl mit hohen Armlehnen. Neben ihr steht eine deutlich jüngere Frau mit schwarzen Haaren und einem Medaillon um den Hals. Sie hat den Arm um die ältere Dame gelegt. Im Hintergrund sieht man einen großen, aufgeklappten Flügel an dem eine korpulente Person sitzt. Auf dem Foto ist allerdings eine zusätzliche Person deutlich zu erkennen. Neben der jungen Frau steht eindeutig Christoph Wolmart. Er lächelt.